君が望む永遠

上巻

アージュ　原作
清水マリコ　著
バカ王子ペルシャ　原画

PARADIGM NOVELS 135

● 登場人物 ●

鳴海孝之 TAKAYUKI NARUMI

　白陵大付属柊学園３年生。現在は両親の仕事の都合でひとり暮らしをしている。将来の具体的なビジョンを持てずに少しあせっている。

涼宮遙 HARUKA SUZUMIYA

　あまり目立たず、控えめな女の子。絵本が好きで、将来は絵本作家になることを夢見ている。彼女のオトボケぶりは強烈で、数々の伝説を残す。

速瀬水月 MITSUKI HAYASE

　３年のクラス替えで孝之と同じクラスになった少女。水泳部のホープで、その泳ぎは強化指定選手の選考対象になるほど。遙とは入学以来の親友。

平慎二 SHINJI TAIRA

　孝之のクラスメートで親友。学校の内外で二人でつるんで遊んでいる。周囲に対して気配りのできるしっかり者。付き合っている彼女はいない。

涼宮茜 AKANE SUZUMIYA

遙の3歳年下の妹。明るく人なつこい性格で、孝之ともすぐに仲良しになる。水泳部に所属しており、県大会常連の水月にあこがれている。

大空寺あゆ AYU DAIKUJI

ファミリーレストラン「すかいてんぷる」のウェートレス。小柄で見た目はかわいらしいが、口を開くと殺人的に凶暴な言葉が飛び出してくる。

玉野まゆ MAYU TAMANO

すかいてんぷるの新人アルバイト。とてもすなおで、他人の言うことを信じやすい。たまに時代がかった言葉を使い、周囲の人たちを驚かせる。

香月モトコ MOTOKO KOUZUKI

欅町の海岸沿いの丘にある病院の女医。知的なメガネと咥えタバコがトレードマーク。ぶっきらぼうで、さっぱりした雰囲気を持つ大人の女性。

目次

プロローグ

春。

丘の上から見下ろす景色も、うららかな空気に薄く霞《かす》んで、街が遠い。

桜はそろそろ終わりに近いが、名残《なごり》の花びらというのもいい感じだ。

校庭の桜の花びらが、校舎の裏にあたるここにも、風にひとひら運ばれてきた。

「ふあーあ……」

孝之《たかゆき》は、大きなあくびと伸びをひとつして、芝の上に仰向けに寝ころんだ。

「のどかだなぁ……」

「のどかというより、呑気《のんき》だなお前は」

すぐ横で、親友の慎二《しんじ》がかるくため息をついた。

「そりゃ、空気はあったかいけどさ。いよいよ本格的に受験生なんだぞ、オレら」

「考えようによってはそうとも言うな」

「よらなくたってそうなんだって」

「まあまあ。今日はせっかくのあったかい午後なんだぜ？　幸運にもクラス替えという難関を乗り越え、ともにまた1年同じ教室で学び、昼飯を2時限休みと昼休みで2度食い、ウザい掃除当番を逃れて憩える友があることを、いまは喜ぼうじゃないか」

わざと大げさな言い方をして、孝之は座っている慎二の背中をぽんと叩《たた》いた。

「それは幸運と言えるのか？」

プロローグ

「幸運じゃないか。それとも、お前はオレといるのにもう飽きたのか？　うう、ショックだわ」

「気色の悪い言い方はよせ」

慎二は孝之の脇腹《わきばら》をかるく蹴《け》る。

「じゃあ幸運だな？」

「わかったよ、お前とまた憩いのひとときを過ごせて嬉《うれ》しいよ。あー、ここで幸運使い果たしてなけりゃいいけど……」

「あははははは」

——と、ふいに甲高い笑い声が聞こえた。

なんだ？と孝之は、首だけを少し持ち上げて振り返った。

おお、純白。

すらりと伸びた2本の脚とプリーツに縁取られた弾力を感じる太腿《ふともも》に続く奥にはまぶしいほど白い三角地帯。なだらかな丘状の線を描いて盛り上がりつつも中心には官能的な縦割れがうっすら……。

「どこ見てんのよっ！」

「はうッ⁉」

白から一転、視界が衝撃で暗くなった。転がりながら体勢を立て直して頭を振る。

「はー……きいたぁ……」

「信じられない。なんなのもう」

「なんなのって、そっちがひとの寝てる枕元《まくらもと》に立つから……」

……って、えっと……？

純白の主。

長い手足に、小さい頭。きらきら光る切れ長の目に、風に揺れる超ロングのポニーテール。スタイルも顔も、なかなかにいけてるほうだと思う。この4月から同じクラスになった、ヤローの間でも密《ひそ》かに噂《うわさ》の……。

「まったく。教室にいないから捜してきたのに、いきなりこれ？」

「捜してって、オレらのこと？」

だが孝之は、彼女とこれまで一度もことばを交わしたことはなかった。

「ん……キミ、鳴海《なるみ》孝之君、でしょ？」

「ああ。こっちのは、平《たいら》慎二」

こっちってなんだ、と慎二は不満そうにしたが、孝之はわざと無視してみた。

「私は……」

「知ってるよ。速瀬《はやせ》さんだろ？」

すると慎二も孝之をわざと無視して、会話に割り込んできた。

孝之も噂話に興味はないが、彼女の名前くらいは覚えている。

速瀬水月《みつき》。将来はオリンピックも望めるスイマーとして、学園内では有名人だ。もちろん、この白陵《はくりょう》大付属柊《ひいらぎ》学園だけでなく、地域で少しでもスポーツに興味のある人間なら、期待の星としてよく知っている。

なるほど、こうして間近で話してみると、体型といい雰囲気といい、泳ぐ姿が似合う感じだ。

「でも、さん付けじゃなくて、速瀬でいいよ」

気さくに笑うと、ややきつい目が優しくなる。

「あはは、いいのかな」

「いいんじゃねーの？　本人がいいって言ってるんだし」

慎二は遠慮しているようだが、孝之は、いきなり純白に続けて強烈なパンチを浴びせるような有名人に、遠慮というのも妙な気がした。

「お前なあ……まあ、お前らしいけど」

「ううん。本当に、速瀬でいいから」

早瀬は目の前で手のひらを振った。それから、小声でそっと付け足す。

「気を使われないほうが、都合がいいし」

「都合？」

「あ、なんでもない。こっちのこと」

それにしてもここ、いい場所だね、と、速瀬はまた笑って話を変えた。

「ああ、校舎からだとちょっとわかりにくい穴場だろ」

「そうね。静かだし」

「速瀬は、前からここを知ってたのか？　オレは、孝之から教わったんだけど」

「うん……まあ、ね」

少し意味ありげに、首をかしげる。

「で、速瀬はなんの用でオレらを捜してたんだ？」

「えっ……それはその……ほら、鳴海君たち、当番なのにいなかったでしょ。生活指導の秋田《あきた》が教室を回る日にわざわざ抜ける人って、どんな人なのか、興味があって」

速瀬は少ししどろもどろになったようだが、まあ、そういうこともあるだろうか——と。

待て。秋田だと？

「今日、秋田が回る日だったのか？」

「忘れてたの？」

「ていうか、まるで知らなかった」

孝之は慎二と肩を抱き合ってうなだれた。速瀬が横でプッと吹き出す。

「まずいぞ、秋田陰険だからな……どうする慎二、指導の点数と成績混ぜられたら」

「止めてくれよお……ああ、やっぱりオレの幸運はすでに尽きていた」

「るせっ」

大丈夫ー？と口では言いながら、速瀬はケラケラ笑ってふたりを見ている。

「なるほどねー……わかったっていうかわからないっていうか」

ふと、速瀬が小さくつぶやくのを孝之は聞いた。

「何？」

さっきから、速瀬が何か言いたげな気がする。

だが、速瀬はまたかるく首をかしげて笑うだけだった。春風が、速瀬のポニーテールとスカートの裾《すそ》をふわっと揺らした。

「なんでもない」


こんなふうに付き合いが始まったことを、孝之はすっかり忘れてしまったし、たぶん速瀬も、慎二も忘れているだろう。

けれど、その場にはいなかったもうひとりは、あとから聞いただけのその日のことを、しっかりと日記に留《とど》めていた。小さなことでも、ひとつひとつが、みんなたいせつな思い出になると、予感していたからかもしれない。

第1章　告白

木漏れ日が、慎二と孝之の白い制服のシャツに落ちてキラキラ揺れている。冷房のきいた校舎の中より、この丘の上は涼しく感じる。

「へえ……思ったより、あるじゃないか」

孝之は、両手で下から押し上げるような手つきで、慎二の胸のわずかな膨らみに触れた。膨らみ始めのそれはまだ、孝之好みの柔らかさには欠けるが、先が楽しみともいえる。

「ん」

無防備に、慎二は孝之にそれを許している。孝之はゆっくり手のひらを回して、胸の感触を味わった。敏感な先端を指先でつまみ、快感を誘うように転がしてやる。しながら、ちらりと目をあげて、弄《もてあそ》ばれる相手の表情をたしかめた。

「おい」

胸を揉《も》まれて、慎二は少し困った顔で眉《まゆ》を寄せるが、孝之の手を止めようとはしない。

「ヤバくないか？　これ」

孝之は慎二に囁《ささや》いた。

「ああ。そろそろ対策を考えるよ」

慎二は落ち着き払っている。孝之は、その冷静さがおもしろくない。さらにしつこく、胸をいじった。

「なあ……」

「なんだ？」

じれったい声で訴えるが、慎二はなおも、表情を変えない。孝之はもう耐えられなかった。悲痛な声で、親友に本音をぶちまけるしかなかった。

「いい加減ツッこめよ！」

「放置のほうがむなしいだろ？」

「なんでお前はそう醒《さ》めてんだよ。オレがお前に期待していたリアクションはそんなもんじゃない。親友に胸を揉まれた男のリアクションていうのはもっとこう……」

孝之は、両手をまっすぐ上に伸ばして何かを求めるようにモミモミしたが、そこには眩《まぶ》しい夏の青空があるばかりだ。慎二は呆《あき》れ顔でため息をつく。なんだよ、と孝之は拗《す》ねながらだらりと両手をさげて、慎二にぶつぶつ恨み言を言った。

「オレだって、できれば女の本チチがいいよ。けど、お前が受験太りで胸が出てきたとか言うから、それなら放っておくのもナンだと」

「バカ。ま、太る余裕があるだけマシだって気もするよ。この夏休みが勝負だからな」

「うーん……じゃあやっぱ、いまのうちに味わっとくか」

「お前ワケわかんねーよ……」

胸に伸ばした孝之の手を、慎二は呆れ顔で振り払った。

「そんなにチチが触りたければ、速瀬にでも頼んで触らしてもらえばいいだろ」

「はやせー？　なんでオレがあいつに」

「バカ、結構……大きいぞ、あいつ。お前が頼めばいいって言うかもよ？」

チッチッ、と孝之はひとさし指を立てて慎二の目の前で振って見せた。

「チミねー、あれはチチじゃない。筋肉なの、キンニク！　これだから素人は」

「あ。おい」

「あじゃないよ。だいたい『速瀬にチチなし』っていう、有名な将軍のことばがあ……かはあッ⁉」

言い終わらないうち、カシューンときれいで強烈な音が孝之の耳のすぐそばで聞こえて、目の前に、一瞬、どこまでも続くお花畑が浮かんだ。

きれいだなあ……向こうで白いドレスの女の人が……じゃねえよ！

そのままお花畑の向こうへ導かれてしまいそうだった頭を振って、孝之は意識を取り戻した。

「うう……」

頭をさすり、まだ定まらない視界を定めようと懸命になる。だが、何が自分の身に起きたかは、見なくてもだいたいわかっていた。

「大丈夫か孝之ッ」

「失礼なこと大声でしゃべってんじゃないわよっ」

やはり。神のごとくのこのタイミングで過剰なツッコミ、やつしかいない。

「ひとがいないと思って好き勝手なこと言ってくれるじゃない」

腕を組み、トレードマークの長いポニーテールを揺らして、速瀬は挑むように立っている。

「それは違うぞ」

「どう違うのよ」

「オレはお前の前でも堂々と言えるぞ、チチなしチチなしチチなしチチな……ホイスッ!?」

容赦のない平手が飛んだと知る間さえなく、孝之はふたたびお花畑に旅立ちかけた。が、
今度は続く「バカじゃないの」系の台詞がない。不審に思ってお花畑から引き返し、見ると速瀬はやや頬《ほお》を染め、はにかむ顔で孝之を見ていた。

「……んだよ」

やべ、うっかりドキッとしてる？　オレ。

「じゃあさ……本当にないかどうか、触ってみる？」

「え……いや、その……」

ふっと笑って速瀬はさみしげな顔で目を伏せた。

「いやだよね。孝之は、私なんかより慎二君の胸がいいんだよね」

「は？」

孝之はぽかんと口をあけ、同じ顔をしている慎二と横目を交わしあった。

「ごめんね……覗《のぞ》き見する気じゃなかったの……ただ、知らなくて……あ、でもね私、そういう、その……ふたりが……ってことで、友達を差別したりしないから……」

速瀬は自分に言い聞かせるように、ウンウンと何度もうなずいている。

「おい待てっ。まさか『ふたりが』の次に、ホで始まることばを入れようとしてないか。それは誤解だ、なあ慎二？」

「あ、ああ」

「いいじゃない。私にまで嘘《うそ》つかなくたって」

「止めろ！　あれは野郎特有のコミュニケーションつうか悪ふざけだ、女どうしが腕組むのと同じだ！」

なぜオレが、と思いながらも孝之は、懸命に速瀬のあらぬ疑惑を消そうとした。速瀬は唇を噛《か》んでいる。お前も言え、と肘《ひじ》で慎二の脇腹《わきばら》をつつくと、まだぽかんとしていた慎二も早口で言った。

「そ、そうそう！　オレは孝之となんて死んでもヤダよ、それなら、デブ専獣姦《じゅうかん》マニア呼ばわりされたほうがまだマシだよ！」

「ちょっと待て。お前それ言い過ぎ」

「え、しかたないだろマジでヤなんだから」

「じゃあ言うぞデブ専獣姦マニア！」

「なんだと！」

「そのほうがマシなんだろデブジューさんよ？」

「う……ふふ……」

赤い顔で噛んだままの速瀬の唇から声が漏れた。やがてそれは、あはははははという笑い声に変わった。

「あはは……お腹痛い……あんたたちサイコー……」

「ああ？」

孝之と慎二は声をあわせた。

「あんたたちのこと、本気でそんなふうに思うわけないじゃない！　私のことバカにしてくれたおかえしよ！」

「なんだと……」

追いかけようとする孝之からすばやく逃げて、速瀬はさっさと遠ざかっていく。

「じゃあねー。私、これから部活だから。あんたたちのことは生活指導の秋田が懸命に捜してたよ。ふたりとも、ここで当番またさぼったでしょ？」

「……」

秋田と聞いて、速瀬を追う孝之の足が止まった。

「やべーな……見つかる前に、ガッコ出とくか？」

「だな」

話は決まった。ふたりは放っておいたカバンを手にした。生活指導に見つからないよう下校するなら、この丘を下らなければならない。丘は普通に下りるにはやや急な斜面で、木々の間の微妙な道を、藪《やぶ》を分けるようにして進むのだが、それはそれで、スリルがあっておもしろい。孝之は、風を切ってここを駆け下りるのが好きだった。

「ところで速瀬、なんでここへ来たんだろ」

「そりゃ、あの地獄耳でオレの名言をキャッチして……ん？」

そこで孝之は、最初に自分にぶつけられたカシューンという音の正体が、足もとに落ちているのを見た。それは、見覚えのある孝之のアルミの弁当箱だった。１年前から両親の仕事の都合でひとり暮らしの孝之が、気まぐれで自作した弁当の箱。数日前に持ってきて、珍しがった速瀬に半分交換しようと強引に箱ごと奪われた物のはずだった。

孝之はそれを拾い上げた。

「へー。一応、ちゃんと洗ってあるじゃん。お？　なんだこれ」

弁当箱の蓋《ふた》の裏に、黄色い付箋《ふせん》が貼《は》ってあり、速瀬の字でメッセージがあった。

――げつようび　ごごろくじ　えきまえで　まってるわん♥

「……」

とりあえず、いまは丘を気持ち良く駆け下りるか！

第1章　告白

「で……罠《わな》か、やはり」

「どうかな。月曜っていえば、夏祭りだろ？」

「ああ。去年オレらが男ふたりで行ってはみたが周りの空気から浮きまくり、むなしい思い出をまたひとつ増やしたあの夏祭りだ」

　弁当箱はカバンにしまったが、付箋はまだ手のひらに貼ってある。孝之は、眉を寄せてそれをしげしげと見た。それを慎二が覗いて言う。

「速瀬はあれで結構ヤローにも人気はあるし、オレたちだけよりマシじゃないか？」

　速瀬じゃヤロー3人と同じだろ、と異をとなえようとして孝之は、あたりを見回して言うのを止めた。ここは学校から近い商店街だ。速瀬なら、オレにツッコミを入れるため、プールからここまで泳ぎかねない。水着で宙をかきながらやってくる速瀬を想像して孝之は笑った。4月のクラス替えで初めて口をきいてから3か月、いつの間にか速瀬は孝之と慎二の間にしっかり溶けこんで、言いたい放題の気楽な関係を築いている。

「――ところで、オレはこれから本屋へ寄るけど」

　慎二は親指ですぐそばの本屋を指した。じゃあオレも、と孝之は何も考えず慎二についていく。中へ入って、孝之はのんびり手前の雑誌コーナーから見ようとしたが、慎二はまっすぐ奥へ向かった。

「お前何捜すの？」

「参考書」

「……あ、そう」

あっさり言われて、孝之は、すっとそこへ置いていかれた気持ちになった。

「じゃ、オレ適当に見てるから」

慎二に背を向け、あてのないまま本屋の棚をぼんやり眺めて歩き出した。

バカやっているように見えても、慎二は上の白陵大を目指して（受験太りするほど）がんばっている。速瀬も、実業団入りを目指してほぼ毎日、日が沈むまで泳いでいる。孝之だけが、とくに目標も定まらないまま、なんとなく日々を過ごしていた。一応、進学希望で志望は港陽大《こうよう》としてあるが、それもただ、白陵はいまの成績では難しいと教師に言われ、無難そうなところを選んだだけだ。付属にいながら志望を変えざるを得なくなったときには親と揉めたが、その親とも、日頃《ひごろ》は顔をあわせない。楽といえば楽だが、張りのない毎日とも言える。マイペースには自覚がある孝之も、こんなときは、やはりどこかで焦りを感じた。

将来かあ……なんか、きっかけでもあれば、オレも考えるんだろうけど……。

おっと。

ぼんやりするうち、孝之は突き当たりの人の少ないコーナーへ来ていた。そこに、よく見慣れている制服の――同じ、白陵柊の女の子がいる。

ラインの色も、孝之の学年と同じ色だ。孝之はその子の顔は知らなかったが、もともとそうしたことには疎《うと》い。まあ、白陵柊の生徒がいるのも不思議はないかとそのまま擦れ違おうとしたが、女の子の表情に、ふと足を止めた。

どちらかといえば童顔で、おとなしそうな女の子の、やや垂れぎみの大きな目が、じっと一点を見上げて睨《にら》んでいる。羨《うらや》ましげな、だが恨めしそうな目……どうやら、上の棚に欲しい本があるらしい。と、女の子は決意したように片手を伸ばした。だが、悲しいかな身長が足りず届かない。指先をぷるぷるさせながら唇を噛む。孝之もそっと見回したが、近くに踏み台は見当たらない。それに、なんとなくこの子だと「お店の人も忙しそうだし、声をかけるのも申し訳ない」と考えていそうだ。

しかたない。

「どれ？」

「えっ？」

けっこう近くで見ていたのだが、女の子はそこでやっと孝之に気づいたらしい。驚いた顔でこっちを見た。黒目がちで、キョトンとした顔が小動物みたいで、かなりかわいい。

「本、取れないんだろ？　これ？」

孝之は女の子が睨んでいたあたりに手を伸ばした。そこは絵本と児童文学のコーナーで、孝之が手にしたのも絵本だった。絵本は普通、子どもが手に取れる高さに並べられているのだが、これはあまり売れ筋ではないのだろうか。

「マヤウルのおくりもの」と表紙にあった。取った拍子に少し体が傾いて、女の子と孝之の肩が触れた。

「あ……」

「と、ごめん。はい。これでいいんだろ？」

「……」

女の子は、なぜか目を丸くしたままで、何も言わず孝之の顔を見ている。もしや、と孝之ははっとした。オレ——鼻毛、伸びてる？　しかしこの場ではチェックもできず。

「あの、違ったかな」

照れるふりをして何気なく小鼻の脇に指をあて、女の子に差し出した本を戻そうとした。

「あ、いえ。その……あの……」

「？」

「……ごめんなさいっ!!」

女の子は、なぜか真っ赤な顔をして、ぺこりと深く頭を下げると、そのまま、走って店を出てしまった。

なんだったんだ。本を手に、孝之は女の子の後ろ姿を見送るしかなかった。

「いまの、涼宮《すずみや》じゃないか？」

いつの間にいたのか、慎二が声をかけてきた。手には、選び終わったらしい参考書。

「涼宮って？」

「涼宮……遙《はるか》だったかな、うん、涼宮遙だ。速瀬の友達のB組の子だよ。休み時間に、よく速瀬に会いに来るじゃないか」

目立たないけど、隠れファンはけっこういるらしいぜ、と慎二は続けた。

「知らん」

「……だろうな。ところで涼宮と何してたんだ？」

「なあ慎二、オレ鼻毛伸びてないよな？」

「はあ？」

孝之はいまのいきさつを説明した。慎二はゲラゲラ笑いながら、

「あーあ。かわいそうに、彼女一生の心の傷を負ったんだな。お前が何か企んでるの見透かされたんじゃないのか？」

「デブジューと一緒にすんな」

「大変だったな孝之」

「わかればいい」

シリアス顔でふたりは肩を叩《たた》き合った。

「しかしお前、速瀬に知られたら殺されるぞ」

「速瀬か……そういえば、どうする？　月曜の件」

「お前の命が月曜まであったら行くことにするよ」

じゃ、オレ会計するからと慎二はレジへ向かった。孝之の手には、まだ絵本があった。

「マヤウルのおくりもの」

パステルで描かれた、翻訳ものらしい、バタくさいけど愛嬌《あいきょう》のある絵。

パラパラとめくって、棚に戻した。


月曜日、孝之はそれなりに覚悟を決めて学校へ行ったが、速瀬には、とくに変わった様子はなかった。

授業が終わってめいめいに教室を出ていくときも、

「駅前の約束、忘れないでね！」

とわざわざ念を押していた。本屋の一件を知らないのだろうか。

しかし……。

「速瀬のやろぉー……自分から誘っておいて遅刻とわあああっ！」

駅前を、隣町の夏祭りとそれに続く花火を見に行く人たちが通り過ぎていく。孝之は、慎二ともう20分以上も速瀬を待っている。

「やっぱりあれは罠だったんだ。オレたちは、騙《だま》されたに違いない」

「ははは、まさか」

「速瀬のやつ、今度会ったら手足縛ってひとり百物語の刑にしてやる」

気が強そうに見えるが速瀬の弱点は心霊関係であることを、孝之は、ふとした偶然から知っていた。ただし、うっかり攻めると倍返しで痛いめにあうので諸刃の剣のような弱点だが……。

「誰《だれ》を何物語の刑にするって？」

「言っただろ、泳ぐチチな……って、ゲッ」

どこかに隠れて見てたんじゃないかというタイミングで声が聞こえて、孝之は慌てて振り返った。

「あはは……ごめんね、遅れちゃった」

あ……。

「へえー。似合ってるじゃないか」

慎二が感嘆の声をあげる。速瀬は浴衣《ゆかた》姿だった。涼しげな青に薄い朱の紅葉《もみじ》。ポニーテールに切れ長の目と、さっぱりした柄がよくあっている。

「ありがとー。でも、着るのに時間かかっちゃってさ……どしたの？　孝之」

「あ……いや……馬子にも衣装ってヤツだなーっていうか」

「あのね。わざわざそんな古いことば取り出してバカにしないでよ」

「いや……」

バカにしたつもりはない。ただ、新鮮だったのだ。速瀬の浴衣。考えてみれば孝之は、速瀬の私服姿すらろくに見たことがない。よく知っているようでいて、速瀬には、まだまだ知らない面があるのだと思った。

が、孝之がことばをなくしたのは、速瀬の浴衣のせいだけではない。青の陰、白に金魚の浴衣姿がもうひとり。

「なになに？　気になる？」

速瀬が孝之の視線に気づいて、陰に隠れているような金魚の浴衣を押し出した。

「紹介するね。B組の遙。涼宮遙って、顔くらい知ってるよね？」

「顔くらいって……孝之、この前会ったよな？」

「えっ？　そうなの？　遙、全然言わなかったじゃない」

「ごめん……」

涼宮さんは首をすくめてうつむいた。速瀬は孝之と涼宮さんを見比べて首をかしげたが、

「じゃ、とにかく行こうか。ぐずぐずしてると、花火終わっちゃうよ」

「お前なあ……遅刻しておいて、その言いぐさかい！」

相変わらずのやりとりをしながら、４人は夏祭りが行われている欅町《けやき》へ移動した。速瀬は屋台で何を食べるかを話題に慎二と盛り上がり、しぜん、少し後ろを孝之と涼宮さんが並んで歩くことになる。涼宮さんはずっと黙っていた。こんなおとなしそうな子が、知らない中にひとりだけじゃ緊張するだろうな。速瀬も、気をつかってやればいいのに。

「オレ、鳴海。鳴海孝之。よろしくね」

怖くないよう最大限努力したつもりの笑顔を作って、孝之は涼宮さんに話しかけた。

「あっ⁉　はい！　よろしくお願いします……」

涼宮さんはぴんと背中を伸ばして返事をした。この前のことを話題にするのが自然だろうが、孝之は「なぜ逃げたのか」はあえて訊《き》かずにおくことにした。

「あの絵本どうした？」

「えっ⁉」

涼宮さんはまた驚いたように背筋を伸ばした。妙に素早く固い動きで孝之を見る。うーん、やっぱりオレの顔怖いかな。今日は、鼻毛チェックはぬかりないはずだが。

「ほら『マヤウルのおくりもの』とかいうやつ。この間、買わずに帰っちゃっただろ？」

「あれは……じつは、その、売り切れていて……」

「なくなってたの？　ごめん……オレ、余計なことしなきゃよかったな」

「い、いえ！　それは」

「今度、見つけたら買っておいてあげるよ」

「そんな、わ、悪いですから」

「いいっていいって——そのかわり」

「えっ⁉」

涼宮さんはまたビクッと肩を震わせ、黒目がちの目を緊張した様子で見開いた。

「涼宮さんが先に買ったら、教えてくれよな」

「あ……はい……」

ほっと安堵《あんど》のため息をつく。「そのかわり」で何を言われるのかと思ったのかな。おもしろい娘だなあ。本当に、仔猫《こねこ》か小動物みたいだ。孝之は、こっそり顔をそらしてフッと笑った。しかし、速瀬とは正反対だな。よくこれでうまくいってるよな……。

そうこうするうち、目的地の花火大会兼夏祭りが行われている神社へ着いた。

地域の夏祭りは毎年ここを皮切りに、あちこちの神社でスタートする。花火は今日と最後の祭り会場で行われるので、ほとんどの客は花火目当てに河原へ向かう。が、孝之たちは神社へ行って、両側の夜店を見ながら奥へ向かった。境内の裏に、少し遠いが穴場がある。河原は大混雑なので、眺めるならこっちのほうがいい。

夜店周りにも人は多くて賑《にぎ》やかだった。

「さー！　食べるわよっ！」

鳥居をくぐるなり、速瀬は人波をすり抜けて屋台へ向かい、よし、と慎二もついていってしまう。いっぽう、涼宮さんは人波に押されがちだった。孝之は、何度も立ち止まって振り返っては様子を見た。

「すみません……ありがとうございます」

はにかみながら、何度も頭をさげる涼宮さんは、ちょっとテンポは遅れているが、彼女なりに一生懸命なのだろう。隠れファンが多いというのも、うなずける。ほわっとして、ちょっと危なっかしい、男が守ってやりたくなるような……一昔前のアイドルというか、少女漫画のヒロインふうだ。いまどきは、むしろ速瀬タイプが人気だともいうが。オレは……涼宮さんタイプ、嫌いじゃないな。

「あ、あの」

「ん？」

そっと背中をつつくしぐさも、なかなかにかわいい。

「水月たちと……はぐれちゃった……みたいです」

「えっ」

見回すと、たしかに、青の浴衣も慎二のオレンジのTシャツも、どこにも見えない。

「あいつら……仕方ない。ま、境内の裏まで行けば会えるだろうから、奥へ行こう」

第1章　告白

「はい」

涼宮さんは、ちょこまかした足取りで、孝之のすぐ後ろをついてくる。

しかし、ふたりだと意識してしまうと、何を話せばいいのかと迷った。涼宮さんは、何も話そうとしない。目指す場所まではまだ距離がある。

そこへ、ひゅるるるると高い音がして、ドン、ぱあっと続いて夜空が一瞬明るくなった。

「お！　あがったあがった！」

巨大な金色の菊の花が、キラキラ輝く粉になって消える。沈黙から救われてほっとしながら、孝之は涼宮さんを振り返った。同時に、次の花火があがる。ドン！

「……きゃっ」

涼宮さんは目を閉じ、身を縮めて孝之にしがみついた。えっと孝之が驚くと、ごめんなさい、と慌ててつかんだ腕を離す。が、服の袖《そで》だけは離せないかのように握ったままま。

ドン！

「きゃっ！」

次があがると、涼宮さんはまた孝之にしがみつき、同じように慌ててまた離れた。

「……あのさ……もしかして、花火……嫌いなの？」

「あ……え、えっと、嫌いな、わけじゃないです……ただ……きゃっ……っ」

「？」

「……あの……打ち上げ花火って、怖いんです……火花が、降ってくるような気がしちゃって……音も、ドーンっておっきくて、お腹がすいてると響くなっていうか……」

「それって、まとめるとやっぱ花火嫌いってことじゃないの？」

「ち、違いますっ！　好きな花火だって、ありますっ！」

珍しく、涼宮さんがきっぱりと言い切った。ほほー、とおもしろくなって訊いてみる。

「なんだろ。線香花火とか？」

「へび……」

「へび？」

「へび花火は……好き、です。色もシンプルで、落ち着いてて……にょろにょろって伸びてきて、なんか、がんばってるっていうか」

「はあ」

しかし、あれは音も煙も色もない、花火と認識していいものかどうかもアヤシイ物だ。

「だから、その、ケナゲな感じがしませんか？」

「ごめん。どう考えても、しない」

「そ、そうですか……」

やっと会話らしい会話をしたと思ったら、へび花火のケナゲさについてってか。嫌ではないが、妙な感じだ。

「けど、花火が怖いのに、どうして花火大会に来たの？」

「そ、それは……えっと……」

涼宮さんは言いにくそうにうつむいた。それで、孝之はピンときた。

「わかった！　速瀬に無理やり誘われたんだろ？　あいつの、屋台を食い荒らしたいという野望に巻き込まれたんだ。わかる、わかるぞ同志よ……オレもいつも、速瀬には虐《しいた》げられ、踏みにじられてぶっ飛ばされているからな！」

「え。あの」

「この間なんかうっかりお花畑まで見ちゃったよ。きれいな女の人がこう、光ってて」

「あの……」

「あ、ごめん。オレばっかりエキサイトしちゃったね。いいからさ、涼宮さんも遠慮しないで、オレに思いっきりぶつけてくれよ」

「……水月と、仲いいんですね」

「はあ？」

そりゃべつに、悪くもないけどさ……いまのオレの話、聞いてくれてた？

しかもどうも、涼宮さんの表情を見るかぎり、彼女は孝之の同志というわけではないようだ。

「じゃあ、なんで？」

「それは……あ、そう、あんず飴《あめ》！　あんず飴が食べたかったんです」

斜め3つ向こうの屋台を見て、涼宮さんがウンウンとうなずいた。いま思いついた理由だろうとすぐにわかった。それだけのために、苦手な花火に、わざわざ浴衣で来るはずがない。

いや……そっか。女の子だから、お祭りに、浴衣で歩いてみたかったんだな。なのに、知らない男とふたりにされて、苦手な花火に肩を震わせて。

「よし。じゃ、オレがあんず飴、買ってきてやるよ。ちょっと待ってて」

「あ……」

孝之は、屋台へ走っていった。それでも、涼宮さんはあんず飴が嫌いではないだろう。ひとつくらい、いいことがないとかわいそうだ。飴を渡すと涼宮さんが本当に嬉《うれ》しそうに頬を染めたので、孝之は、よかった、と胸を撫《な》で下ろした。

「だって、ドネルケバブの屋台があったのよ⁉　新顔よ？　中近東よ？」

あとからやっと合流して、孝之が勝手な行動を責めると、速瀬はあっさり開き直った。

「知るか。日本人ならタコ焼きでガマンしろ。まったく」

祭りのあとは、方向違いの慎二と涼宮さんとは駅前で別れ、孝之は速瀬とふたりになった。

「もう。ああいうときは、遙を送ってあげなきゃダメでしょ。無責任ね」

歩き出すなり、速瀬が孝之を責め始めた。が、孝之はどうして自分が責められるのかわからない。

「何言ってんだ。オレが送るなら、お前もいっしょに送るのが筋だろ？　もとはお前の友達だし、涼宮さんだってお前といっしょのほうが嬉しいだろうし」

「バカ」

「はあ？　だいたい、祭りのときから無責任なのはお前だろ。自分が彼女誘いだしたくせに、ほったらかして食いまくりやがって」

「いろいろ、事情があったのよっ」

「中近東の食いもんの事情か」

「ドネルケバブよ！」

速瀬は拗ねたように唇を突き出す。まあ、涼宮さんもあんず飴は喜んだので、とりあえずこの話はいいとしよう。

「……ところで、遙どうだった？」

「どうって……何が？」

「なんでもいいわよ。どうだった？」

ポニーテールをサラサラ揺らして、速瀬が孝之を覗き込んだ。

「うーん……まぁ、見かけどおりおとなしいっていうか……けど、よくわからん娘だな。へび花火が好きな女の子なんて、初めてだし」

「他には？」

「なんて言ってほしいんだよ。お前と違ってかわいいとか、そういうことか？」

「かわいい？　そう？　ひょっとして、じゃあいま遙のこととか考えちゃってる？」

「なんだよ。ニヤニヤして気味悪いな」

絶対にツッこんでくると思った「お前と違って」にも反応がない。

「べつにぃ……あ、やっ」

そのとき、ゲタのせいか孝之を覗き込んだまま歩いたせいか、速瀬がふらっとよろめいた。反射的に、孝之は速瀬の肩を支えてやる。

「大丈夫か？　気をつけろよ、反対側に転んだら浴衣台無しになったかもしれねーぞ」

「あ、……うん……あはは……慣れない格好してるから……ごめんね、ありがと」

速瀬は照れ笑いを浮かべてチラッとピンクの舌をのぞかせた。孝之は、とっさにつかんだ速瀬の肩が、ずいぶんきゃしゃで密かに驚く。水泳選手やってるから、ゴツイだろうと思っていたのに。しかも、近づくと、速瀬は甘い、不思議な匂《にお》いがする。

「何よ」

ついクンクンした孝之に気づいて、速瀬がぱっと体を離した。

「お前、トイレの芳香剤の匂いしない？」

「トイレ？　バカ!!　香水でしょ!!」

「お前、香水なんてつけてんの？　似合わねー」

「そんなふうに言うことないでしょっ！　あんたが……あんたのせいなんだから」

速瀬の頬がぱっと赤くなる。

「オレの？」

「前に言ったじゃない。いつもプールの匂いがするって。だから、私だって気をつかって」

「そっか……ごめん。忘れてたけど悪かったな。たぶん、何気に言っただけだと思うんだけど、プールの匂いが嫌だっていう意味じゃないんだ」

プールの匂いは、速瀬が本気で水泳に打ち込んでいる証拠だ。それを気にさせたのは良くなかった。孝之は素直にあやまった。速瀬はなぜか戸惑うようにうつむいた。

「これでもう、香水つけなくてもいいだろ」

「え。いいじゃない……私だって、一応、女の子なんだから」

「そうだったのか……がはっ！」

女の子がこんなに容赦ないパンチを繰り出して良いものでしょうか神様。孝之にすれば、しおらしい速瀬に落ち着かなくて、和まそうとしたジョークだったのだが。

「もう！　なんでこんなヤツ……」

言いかけて、速瀬ははっと口をつぐんだ。なんだ？と孝之は目で問いかけたが、

「なんでもない。それじゃあね！」

くるりと踵《きびす》を返したと思うと、ゲタをカタカタと鳴らしながら、速瀬は別れ道の向こうへ曲がってしまった。


それから、孝之は何度か涼宮さんと顔をあわせる機会があった。

水泳部が休みだという日に例によって無理やり速瀬に連れられていったカラオケで、速瀬が涼宮さんを呼び出したり、学校の廊下で、大量の段ボール箱を運んでいた涼宮さんを見かけて、つい手を貸したり……。

だが、何度会っても涼宮さんは、孝之にうち解けてくれなかった。カラオケでもずっと

歌わずに、孝之がトイレに行った間にやっと1曲歌ったのだが、曲の途中で孝之が戻るとはっとして歌を止めてしまった。ほんの少し聞いた限りでは、きれいな高い声だったのに。段ボールを運んでやったときにも、こっちが恐縮するくらいにお礼を言われて、たいしたことをしていないのに困ってしまった。

ひょっとして、涼宮さんはオレが苦手なのかな。とくに、嫌われることをした覚えはないが。

予備校へ行くという慎二と別れた帰り道、孝之は、本屋へ向かいながら、涼宮さんのことを考えていた。あの本屋は、孝之が初めて涼宮さんに会った場所だ。あの本、もしかして入荷してるかな、とふっと思った。

だが、行ってみると本屋は定休日だった。しかし、格子型のシャッターをおろした本屋のすぐ傍で、涼宮さんが、ひとり、何かをじっと眺めて立っている。

偶然だなあ。どうしよう、話しかけたほうがいいのかな？

少し迷って、孝之はやはり涼宮さんに声をかけた。

「いま帰り？」

「あ！　はい！　こ、こんにちは」

涼宮さんは、また例のはっと驚いた顔で振り向く。それきり沈黙。うう……オレは、涼宮さんも速瀬の友達だし、できればうまくやりたいんだが。孝之は内心じれったかったが、気を付けてみると、涼宮さんが、眺めていた本屋の壁のポスターを見て、珍しく何か言いたそうにしている。それは、絵本作家展の告知だった。

「絵本好きなの？」

そういえば、最初に会った日も、涼宮さんは絵本を取ろうとしていた。

「は、はい！　好きなんです。鳴海君は……絵本……」

読みますか、と、消え入りそうになりながら、涼宮さんは懸命に孝之に話しかけてきた。

いいぞ。嫌われてるわけじゃないらしい。この話題なら、続けられそうだ。

「ガキのころなら、読んだ記憶あるけど。なんだっけ、犬がなんべんも、ゾンビみたいに生き返るヤツ」

「『一億万回死んだイヌ』？」

「そうそれ！　あれ読んで、大泣きしてさ」

「嬉しい。私も好きなんです、その作家さん」

「あ、じゃあさ、なんか、ズボンはいたイタチみたいのがふたりで、でっかい卵焼きみたいのが出てくるのは」

「『栗《くり》と倉』！　私、初めて作ったお料理が卵焼きだったんです。幼稚園のころ、あの絵を見たら食べたくなって……」

「そうそう、うまそうだったよなー。けど、幼稚園のころにお料理かあ」

「それが……卵焼きのつもりが、まったくべつのものになっちゃって……やっぱり、幼稚園児には無理だったみたいです。ふふふ」

「ははは」

いい感じだった。ひょっとして嫌われているかも、と思った相手と、こんなふうにうち解けて話せるのは嬉しい。

それから、ふたりはいつの間にか並んで歩き出した。涼宮さんは、孝之の半歩先を歩いている。

「そんなに好きなら、自分で絵本書いたりしないの？」

「あ……ヘタですけど、ちょっとだけ……でも、本当にまだまだだから、このまま、白陵大に行って、児童心理学を専攻したいと思ってるんです」

「へえー。すごいな……じゃあ、プロを目指してるんだ？」

「そ、そんな……本当に、好きなだけ……ですから」

しゃべり方は相変わらずゆっくりだし、緊張ぎみの表情も消えなかったが、それまでよりも、ずっと涼宮さんと親しくなれた、と孝之は思った。

涼宮さんは悪い子ではないと思っていたが、最初から、逃げられたりビクビクされたりしていて、じつのところ、孝之は、少しだけ涼宮さんが苦手になりかけていた。でも、こうしてみると涼宮さんは少し内気なだけで、じつは話もけっこうできるし、しっかりした娘なのだとわかる。少なくとも、孝之を嫌いというわけではないとわかって、ほっとした。

速瀬がどうして涼宮さんと仲良くしているのか、わかった気がする。


「孝之！　ちょっといい？」

数日後、孝之が教室で慎二と新作のゲームソフトについて語っていると、速瀬が廊下から手招きした。

「なんだよ、横着しやがって。用があるならこっちに来いよ」

「いいから」

速瀬は睨みながらさらにぶんぶん手招きした。仕方ない。あまり拒むと、また何が飛んでくるかわからないからな。孝之はしぶしぶ廊下へ行った。休み時間ももう終わりかけで、廊下には、ほとんど人はいない。

「あのさ。今日の放課後、用事ある？」

速瀬はそれでもあたりをうかがいながら小声で言った。

「いや。いまのところは」

「じゃあ、ちょっと付き合ってくれる？　とりあえず、授業が終わったらあの丘に来て」

「丘？　で、どこへ付き合うんだよ」

「それはあとのお楽しみ。でもね、このことは絶対に誰にも内緒にして！　慎二君にもだよ？　絶対絶対。一生のお願い。ね、孝之」

「お、おう……わかった」

いつになく、真剣な速瀬にのまれて、孝之は言われるままうなずいてしまった。速瀬はほっとしたような、それでいて、なんとなくさみしそうな顔で笑った。

「あ、孝之。なんだったら今日にもゲーセンか、ソフト屋行こうか？」

席に戻ると慎二がいつもの調子で言ったが、ワリ、と孝之は誘いを断った。


放課後の喧噪《けんそう》が、少しずつ、丘を上っていくと遠くなる。

同時に、少しずつ眼下に街並みが見えてくる。日はやや西に傾いて、街のコンクリートの建物が、片側だけ白く光っている。

歩きながら、孝之は廊下での速瀬を思い出していた。あの顔は、なんの意味だったんだろう。外でどこかに付き合うなら、丘へ来るのは時間の無駄だ。だからたぶん、速瀬の目的は、オレをひとりでここへ呼び出すことに違いない。そこで、速瀬はオレに何を言うんだ？　孝之はふと足を止めた。速瀬の長いポニーテールや、浴衣姿や、香水のことを言われて思わず戸惑った顔がフラッシュバックした。付き合いはまだ短いが、孝之にとって、速瀬はすでに大事な仲間だ。友情なんて、口に出すのも恥ずかしいほど強い親しみを持っている。だから、たとえば男と女とか……そんなことは、二の次のはずだった。

それが、これから丘へ行くことで、ひょっとしたら、変わってしまうのか？

——何考えてる。速瀬に、まだ何も言われたわけじゃないのに、自意識過剰だ。

頭を振って、孝之はふたたび歩き出した。妙に心臓がどきどきするのは、丘を上って息が切れているせいではないだろう。

約束したんだ。とにかく、行かなきゃ。そこで、何があったとしても。

丘の上には、涼しい風が吹いていた。枝が揺れて、ざわざわと音がする。

木の下に、影がひとつ落ちて孝之を待っていた。速瀬？　近づくと、影が気づいてぱっとこっちを見た。

「あ……こ、こんにちは」

「え……？」

そこにいたのは、速瀬ではなく、涼宮さんだった。

「すいません。とつぜん、呼び出したりして……」

「え、いや、それは」

いったい、何がどうなっているんだ？

涼宮さんは、笑おうにも笑えないといった貼り付いた表情のまま。細く柔らかそうな髪をすかして、オレンジ色の夕日が頬を染めている。何かを待って潤んでいるような大きな目が、孝之を、まっすぐに見つめている。

「……速瀬は？」

「え？」

「速瀬も来るんだろ？　オレ、あいつに呼ばれてここ、来たんだけど」

孝之は、そこへ逃げるように首を振って速瀬のポニーテールを捜した。わけがわからないまま涼宮さんとふたりきりにされて、これまでにないほどあきらかな涼宮さんの緊張と動揺が、孝之まで落ち着かなくさせている。

気まずい沈黙がやけに長い。孝之は、困る自分をごまかして笑う。

「なんだ、あいつひとを呼び出しておいて自分が遅刻かよ。まったく、夏祭りのときといい、気をつかうってことを知らんのかね」

「水月は……来ません」

涼宮さんは何か決意したようにきっぱりと言った。

「鳴海君を呼んだのは……私……です。だから」

「あ……なんだ、そうだったの。ごめんごめん。じゃあ」

「好きです！」

――――はあ？

思わず、いつも慎二や速瀬とやるように聞き返しそうになってしまい、口をつぐんだ。

「夏祭りよりも、前からずっと……」

好きなんです。

夕日に染まるよりなお顔を赤くして、泣くのを必死にガマンするように唇を震わせて、涼宮さんが、絞り出すように孝之に告げた。

好き……。

それは、この状況で言う以上、やっぱり……。

「あの」

長いような短いような沈黙を破って、涼宮さんが続けた。

「は、はい」

孝之は、自分の喉《のど》が緊張でゴクリと鳴るのを感じた。

「わ……私と……」

「……」

「付き合って……ください」

第2章　恋になるとき

どうしよう。

涼宮さんは泣きそうな顔をしている。よく見ると、スカートのすぐ下の膝《ひざ》が小さく震えていた。

こんなおとなしそうな子が、自分から告白するなんて、それだけでも物凄《ものすご》く勇気がいることだったに違いない。

——好きです。

言われてみれば、これまでの涼宮さんの態度もすべて納得できるし、こんなこと、冗談で言う女の子ではないことは、孝之もよくわかっていた。

決して嫌いなタイプではない。一部の野郎に人気があるというのもうなずける。だが、それ以上に涼宮さんを意識したことは一度もない。そこへ、好きです、付き合ってくださいと言われても……はいそうですかと、付き合えるだろうか？

孝之は迷った。自分の気持ちははっきりしない。だが、もしもここで断ったら、涼宮さんはひどく傷つくだろう。もう、二度と口もきけなくなるかもしれない。こうしてオレが、いつまでも迷っているだけでも、どんどん彼女を不安にさせる。

グッとこみあげる何かを何度か飲み込み、握ったまま手に力を入れたり抜いたりを繰り返し、孝之は、ぎこちなく首を動かした。

「……いいよ」

「えっ……」

涼宮さんは意外そうな声で孝之を見上げる。その顔に、孝之はうんとうなずいた。

「付き合おう」

「本当ですか？」

「うん」

孝之がもう一度うなずくと、涼宮さんは、あ、と口の中だけで小さく言って、ほんのわずかに開いた唇の両端をあげた。それだけで、涼宮さんの不安がはっきりと感激に変わるのが見えた。孝之を見る、大きな両目が濡れていた。

涼宮さん……泣いてるんだろうか？　オレが、告白にＯＫしたから？　嬉《うれ》し涙……オレのために……。

孝之の胸もせつなくなった。これでよかった。涼宮さんを、悲しませないですんだ。

「それじゃあ、今日は……一緒に帰る？」

こういった場合の通例だろうと考えて誘ってみた。はい、と涼宮さんがうなずいた。


帰り道、ふたりはずっと黙ったままだった。

改めてふたりで並んでみると、孝之は、涼宮さんに何を話していいのかわからなかった。

絵本のことはこの前話してしまったし、そのほかには、涼宮さんのことはほとんど知らない。「はるか」という名前がどんな字を書くのかさえ、孝之はぼんやりとしか浮かばなかった。

涼宮さんのほうは、とくに沈黙が辛《つら》いようにも見えなかった。

どちらかというと、まだ、感激でいっぱいでことばがなくて、ただ、ふわふわと歩いている感じだ。自分がどこを歩いてるのか、わかってるだろうか。

「あ……じゃあ、私、ここで」

夏祭りのときに別れた駅前のあたりで、遙が足を止めた。

「ああ」

じゃあね、と言いかけて、孝之は少し考えた。

「家まで、送ろうか？」

「え。でも」

「オレもこの近くでひとり暮らしだし」

「あ……そうでしたね……」

涼宮さんは知っていたようにうなずいた。孝之は涼宮さんにひとり暮らしだなどと話した覚えはなかったが、たぶん、速瀬あたりが教えたのだろう。

それから、涼宮さんは高台の静かな住宅街へと歩いていった。

会話は、あれからまた止まっていた。孝之は自分でももどかしかった。以前のように、涼宮さんとコミュニケーションしなければと焦る気持ちはあるのだが、いまはどうにも意識してしまう。速瀬や慎二としゃべるときのようにふざけたら、涼宮さんはびっくりするかもしれないと思うと、ギャグも言えない。

「そういえば、速瀬」

「え？」

孝之がとつぜん口をきいたので、涼宮さんが驚いた顔で孝之を見上げた。

「あ。いや。えっと……速瀬は、涼宮さんの家に行くこと、あるの？」

本当は「速瀬のヤツ、最初から全部知ってやがったな。夏祭りのときからこうしてオレをはめようとしていたに違いない。明日会ったら、文句言ってやる」と言いたかったのだが、涼宮さんの前なので言えなかった。文句と言っても、こうなったことを、怒っているわけではないのだが。

「はい。茜《あかね》が……あ、妹が、やっぱり水泳をやっていて、水月に憧《あこが》れてるんです。それで、水月が家に行くとすごく喜ぶから」

「妹いるんだ。いくつ違うの？」

「……３つ」

「ふうん。そうか」

3つ下で、同じように水泳をやっている子なら、たしかに、速瀬は憧れだろう。孝之といるときはあの調子だが、速瀬が凄い選手なことは、孝之もよく知っていた。白陵柊は、速瀬の活躍をきっかけに、屋内プールを建設して水泳に力を入れるという噂《うわさ》まである。

しかし、と孝之は横目でチラリと涼宮さんを見た。涼宮さんは、また恥ずかしそうに斜めにうつむいて、何もない地面をぼんやり見ている。この子の妹じゃあ、マイペースで「……」をブレスに入れながら泳いでそうだなぁ。

孝之がくすっと笑ったのを見て、涼宮さんも首を傾げて困ったように笑った。

角のところで涼宮さんが立ち止まって指した家を見て、孝之はえっと思わず声をあげた。

「……あ……ここです、私の家」

で、でけえ……！

このあたりは高級住宅街といわれてまわりもそこそこでかい家が多いが、涼宮さんの家は中でもひときわでかかった。階段つきの石の門には「Suzumiya」としゃれた書体のローマ字で刻まれた表札があって、庭は当然だだっ広い芝生で、門の横にはシャッターのついたガレージまである。そしてあのシャッターはリモコン開閉式に違いない。

「あの……よければ、お、お茶でも……」

「えっ！　いいよ。悪いから」

孝之は手のひらを涼宮さんの目の前で広げて慌てて断り、じゃあまた明日、と早足でその場を去ってしまった。角のところで気になったので振り返ると、涼宮さんはまだ、門の前で孝之の後ろ姿を見送っていた。

服と雑誌が床に散らかる狭い自分の部屋の家に帰ってきて、孝之は、はあ～と気の抜けたため息をつきながら、ベッドに体を投げ出した。

「なんか疲れたな……」

ひとりになって、本音が思わず口から零《こぼ》れた。放課後、速瀬に呼び出されてあの丘へ行ってからいままでが、ずいぶん長い時間だった気がする。

涼宮遙。おっとりしてて、おとなしくて、あの家だからきっと品のいいお嬢さん育ちで、地味だけどよく見るとわりとかわいい。

そんな子に告白されたんだから、嬉しいと思うのが普通なのに、オレは疲れたとか口にしてる。いや、嬉しくないわけじゃない。だが、それまで考えたこともなかったのに、今日からいきなり、涼宮さんが彼女だといわれても、孝之には実感がわかなかった。

まあ、時間がたてば、そのうちなんとかなるだろう……それよりも、明日はとりあえず速瀬だ。明日会ったらいまのモヤモヤも含めて文句言いまくってやる。

と考えて、孝之はやっとほっとして笑った。それから、ふと思いついてあおむけに転がり、天井を見た。

――もしも今日、丘の上でオレが、涼宮さんの告白を断っていたら。

速瀬とオレと……慎二を含めた3人の関係も、変わってしまったかもしれない。速瀬と涼宮さんは親友で、あいつは、涼宮さんの気持ちを知ってたんだから。

うん。

オレにとっても、涼宮さんの告白を受け入れたことは、正しい判断だったんだ。

孝之はやっと納得して、夕食の準備のために起きあがった。


翌朝。

「ふわぁ……あー……ウッ！」

欠伸《あくび》をしながら教室へ入ろうとしたところへ、どんと容赦なく背中に一突き。

「おはよっ、孝之！」

もちろん朝からこんなテンションの人間はあいつしかいない。ふん、いいところに現れたな。はじかれた背中をさすりながら、孝之は上目づかいで振り返った。

「……お前、全部知ってたな？」

「何を？」

「しらばっくれんな、涼宮さんのことだよ！」

「あ……ああ……」

「目ぇ泳がせんな。どうりで最近なんかおかしいと思ってたんだよな」

「だ、だってさ、遙って、ああいう子でしょ？　私があぁでもしなかったら、なんにもできないからさ……」

「ふん」

速瀬が気まずそうにしているので、孝之は少し気分が良くなった。が、勝利の幻想は束の間に終わった。

「で」

と次に言ったときには速瀬はもう、底光りのする目で孝之を見ていた。

「どうだったの？　聞いたんでしょ、遙の気持ち……孝之は、どう返事したのよ」

「うるさいな。いいだろそんなこと」

ちくしょう、オレはいまかなりの確率で顔が赤い。速瀬は物凄く楽しそうだ。

「ふ〜ん……オッケーしたんだ〜」

「なんでわかるんだよ！」

「見ればわかるの、孝之の場合」

「そうかい」

孝之はもうふてくされるしかない。そっか、と速瀬は小さくつぶやいた。ふと、愉快そうな顔に何かが混じった。

「なんだよ。何かあるのか？」

「え？　何？」

「いや……うわっ！」

言い終わらないうち、孝之は背後からふたたびどつかれ、体勢を直す間もなく首をとられてはがいじめにされた。

「おいおい孝之くぅんこの野郎。涼宮と付き合い始めたんだって？　昨日ゲーセン断ったのはそういう事情があったんだなっ」

「うぐ……速瀬ぇ～」

背後のはもちろん慎二だが、孝之は慎二をふりほどきながら速瀬を睨《にら》んだ。

「だって、遅かれ早かれ言うんでしょ？」

「……そりゃそうだけど」

にしても、孝之が言わないうちから、慎二が知っているのはおもしろくなかった。

慎二のほうはそんなことなどおかまいなしの明るい声で、

「というわけで、明日はさっそく初デートだな？」

「はあ？　おい」

「そうだね！　せっかくの土曜日だもん。とりあえず今日は、授業のあとで孝之が遙をB組の教室まで迎えに行って……いま何かおもしろい映画やってたっけ？」

「涼宮はどんな映画が好きなのかな」

「えっとね」

「おい！　勝手に決めるなっ！」

孝之は半ば本気で速瀬と慎二の会話を止めた。

「じゃあ、孝之はどうするつもりだったの？」

「え？　いやべつに、考えてなかったけど」

「お前なあ……」

慎二が呆《あき》れた声で言い、速瀬も困り顔でため息をついた。

「その、早くもさめた態度はなんだ？」

「孝之、それで本当に遙と付き合う気、あるの？」

「……」

さめてるって……そんなつもりは……そうかなあ……。


放課後、孝之は慎二と速瀬に追い立てられるようにして、涼宮さんを迎えにB組へ行った。

Ｂ組にはとくに友達もいないので、日頃《ひごろ》は縁のない場所だ。同じつくりのはずなのに、よその教室へ入るのは、よその家へ行くように緊張する。

覚悟を決めて扉に手をかけた瞬間に、向こう側から、ガラッと開いた。

「あの。あれ？」

勢いで、孝之は扉の向こうの人間に話しかけ、それが涼宮さんだとわかってびっくりした。

「鳴海君……？」

「ははは……その……いっしょに、帰ろうかと思って」

「えっ？」

「いや、ダメならべつにいいんだけど」

「いえ！　ダメじゃない思います！」

「は？」

「あうう……いえ、その……」

涼宮さんは真っ赤になって下を向いてしまった。あは、と孝之は笑ってみて、初めて涼宮さんの背後から浴びせられる視線に気がついた。Ｂ組の、ほとんどは知らない連中が、好奇心丸出しの表情で、孝之と涼宮さんに注目している。うう。孝之は逃げ出したくなった。が、じつは背後の廊下では、速瀬と慎二が孝之を監視するようにうかがっているはずだ。

「じゃあ、行こうか」

「はい」

涼宮さんはすぐにカバンを持って教室を出てきた。速瀬と慎二はもう廊下にはいなかった。孝之が涼宮さんを誘ったのを確かめて、撤収《てっしゅう》したのかもしれない。それもなんだか……。

帰り道は今日も沈黙だった。らしくないと自分でも思うのだが、孝之は、やはりいつもの調子が出ない。涼宮さんは孝之をそっと見上げて、目が合うとなんとか笑おうとする。

「鳴海君は……趣味とか、ありますか？」

古いドラマのお見合いの台詞みたいだが、涼宮さんなりに、会話を試みたようだ。

「趣味っていうか、普段はゲームしたりすること、多いよ」

「ゲーム」

「興味ない？」

「……えっと……名古屋打ち……とか？」

「へ？」

それは。

「あうう……す、すいませんっ。そんなことばを、聞いたことがあるかなってぐらいで、ごめんなさい……」

「あはははは！　いまのはおもしろかったよ。へび花火くらいポイント高い！」

涼宮さんは真っ赤になって恐縮しながら、それでも、孝之が笑ったので嬉しそうだ。しかし「名古屋打ち」っていつのことばだっけ？　この娘《こ》、どこでそれ聞いたんだろ。

「ひょっとして、お父さんゲーム好き？」

「うちのお父さ……父は、ゲームはしません」

孝之はふいに足を止めた。涼宮さんとの話が進めにくい理由が、ひとつわかった。

「あのさ。その……敬語やめない？　同い年なんだし、もっと自然に行こうよ。速瀬にはそうやって話してるだろ？」

「……は……あ、うん。じゃあ、えっと……鳴海君は、どんな映画が好きなの？」

「そうだなあ。やっぱホラーとか、アクションが好きだな」

「あ、アクション映画、私も好き」

「へえ、意外だな」

動物ものとか、恋愛映画が来ると思ってたけど——と、そうだ、そういえば。

「じゃあさ……行く？　映画。いっしょに。明日にでも」

速瀬に言われたとおりは癪《しゃく》だが、せっかくなので誘ってみた。小さい口をわずかに開いて、涼宮さんは何度かまばたきをした。

「あ。べつに、都合が悪ければいいんだけどさ」

「え……あ……それは……」

涼宮さんはその先を続けない。しまった、誘うのはやっぱり早かったかな。

「ごめんごめん。また今度にするよ」

孝之はひどく気まずくなったが、うまい具合にちょうど涼宮さんの家が近かった。

じゃあまた、と無理に笑って手を振って、昨日と同じ角を曲がってから、はあ、と大きくため息をつく。難しいよな。こういうのって。


「あんた、バカじゃないの？」

翌朝、孝之に最初に投げつけられたことばがこれだった。速瀬は得意の仁王立ちで、切れ長の目を吊《つ》り上げている。

「どうして遙を映画に誘ってあげなかったのよ！」

「え？　誘ったよ！　あっちが行かないって言ったんだよ」

「言ってない！」

「そりゃ、正確には言ってないけど、ってなんでお前がそれ知ってるんだ」

「昨日電話で遙と話したからよっ！」

察するところ、速瀬は昨日涼宮さんに電話して、帰り道のことを聞いたらしい。

「遙の性格考えなさいよ。あの娘だって映画に行きたかったんだよ？　孝之がもう少し強く言えば、デートできたかもしれないのに」

「そんなこと言われても……オレにそこまで考えろってか？」

「そうよ。遙は孝之の彼女でしょ？　孝之は、遙が好きで付き合ったんじゃないの？」

「……」

孝之は思わずことばに詰まった。嫌いじゃないから付き合ったのは本当だが、好きで付き合ったかと言われると。

「何よ、その間」

孝之を責める速瀬の声の響きがなぜか微妙に優しくなった。

「……とにかく、もっとリードしてあげてよ。あんた、どうでもいいことは強引なんだから、その調子で」

「うるせえ」

拗《す》ねたふりで孝之は速瀬に背中を向けた。

オレが涼宮さんに映画に行くかどうか訊《き》いたのは、たぶん一度じゃなかったはずだ。彼女はそれでもはっきりと返事をしなかった。ならオレだって、都合が悪いのかとか考えるだろ。そこを彼女の性格考えて強引に行けって？　それが彼氏だって？　難しすぎる。

難しい、というか……彼氏は、案外面倒だ。

休み時間に窓際でゲームの話で盛り上がっていると、慎二がふと窓の下を指さした。

「あ。B組、体育なんだな」

つられて見ると、グラウンドに男どもが何人か出てきてわいわいやっている。

「あのへんでも、結構話題になってるみたいだぞ」

「へえ。ま、サガであれだけ宣伝してるゲームなら話題になるよな」

「違う。お前と涼宮のこと」

「は？　なんで？」

意外なことばに孝之はポカンと口を開けた。

「そりゃ、隠れファンが多かったってことだろ？　念のために言っておくが、お前のじゃないぞ」

「わかってるっての」

たしかに涼宮さんは、小作りできゃしゃで、肌が白くて頬《ほお》にニキビなどはひとつもなくて、孝之も、見ているぶんにはかわいいと思う。

「よかったな。お前がこの学園で感じることのできる、数少ない優越感じゃないか」

「まあ……そうかな……」

とりあえず調子はあわせたが、そこで優越感を持っても嬉しくなかった。涼宮さんは、オレの所有物じゃないんだし。

「それより慎二、お前今日、予備校は夜からって言ってただろ？　たまにはいっしょに帰ろうぜ、途中でゲーセンでも寄ってさ」

「それよりって……まあ、いいか。そうだな、久しぶりにお前と対戦やるか」

「ほう、いい度胸だ」

腕がなるぜ、と孝之は久しぶりにわくわくした。

「あ、けど、涼宮といっしょに帰らなくていいのか？」

「……え」

せっかくの気分に水を浴びせられたような気持ちになる。べつに、涼宮さんと帰るのは約束しているわけではない。それとも、付き合い始めたら、何がなんでも彼女を優先しなければならないのだろうか？

「いいよ。涼宮さんとは明日もいっしょに帰れるけど、お前と対戦は久々なんだから」

そっか、と慎二はまだ気をつかうような顔で笑った。孝之は頭の中でだけ、があぁと叫びながら髪をかきむしった。なんでオレが、こんな思いしなきゃならねえんだよ。


数日後。

「では、以上で終業式を終わります。みなさん、楽しく無事な夏休みを過ごしましょう」

礼を終えると、生徒たちがいっせいに移動する足音が、ドドドと体育館に響いた。

速瀬、慎二、孝之の３人も、首や肩をコキコキやりながら、他の多くの生徒たちとともに廊下へ出る。

「あー……疲れたあ！」

「校長の話はいつも長いからなあ。終業式だととくに長いよ」

「先生の中にも苦笑してるやついるもんな。笑ってないで誰《だれ》か止めろよ」

「でも、これからやっと夏休みだし……ね、孝之！」

速瀬はくるっと振り返って最近よく見る意味ありげ笑いで孝之を見る。慎二もウンウンとうなずいて、

「学園生活最後の夏休み、しかし、お前にとっては彼女と過ごす最初の夏休み！　くー、いい響きだなあ、おい」

「あのなあ。オレらは一応受験生……」

「関係ないって！　どこ行くの？　恋人同士といえばやっぱ海かなあ……ここからなら近所だし」

「いいねえ！　青い海、白い砂浜、砂まみれのイカ焼き」

「勝手に盛り上がるなっつーの」

孝之は懸命につっこんだが、相変わらず、この話題になるとなぜか当の孝之は置き去りだった。

「あ、あそこにいるの遙じゃない？　遙、こっちこっち！」

速瀬が少し離れた涼宮さんに気づいて手を振ると、涼宮さんも、かるく頭をさげて近づいてきた。

「いまね、孝之に訊いてたの。夏休みは、遙とどう過ごすのって」

「え……」

速瀬に言われて、涼宮さんは、ゆっくりと期待を込めた目で孝之を見た。速瀬も、慎二も期待に若干冷やかしの混じった、愉快そうな顔で孝之を見ている。孝之は何も言えなかった。こんな状況で、どうやって涼宮さんを誘えって言うんだ。もしまた何かまずいことをすれば、また、速瀬に責められ慎二にたしなめられるんだろう。

「そろそろ、教室戻らないとヤバイんじゃないかな」

孝之は話をあいまいにして、じゃあね、と涼宮さんに手を振った。涼宮さんは少し戸惑ったようだが、すぐにぺこんと頭をさげて、小走りに自分の教室へ戻っていった。

「ちょっと何よ。いまの態度は」

涼宮さんがB組に消えたとたんに、速瀬がキンと高い声で言う。

「そうだよ。涼宮、ちょっと寂しそうだったぞ」

慎二も困った顔をする。なんだ、結局何を言っても同じことかよ。

「ほっといてくれよ」

孝之はいい加減ふてくされてしまった。

オレと涼宮さんのことは、お前らには関係ないじゃないか。お前らいっつも冷やかし半分でオレたちのこと聞き出そうとして、そろそろ落ち着けよ。

「ほっとけないわよ！　遥は私の友達よ？」

「じゃあ、オレはお前らのなんだ!?」

考えるより先に感情が爆発して口が動いた。思いがけない大きな声に孝之は自分でも驚いたが、慎二と、とくに速瀬はもっと驚いたのだろう。一瞬、泣き出しそうな顔になったが、見開いた目はすぐに怒りで鋭くなり、真っ赤になって孝之に何か言おうとした。言われたらもうぶつけてやる。孝之も暴走しかけていた。少しはオレの身になってみろ。オレは、涼宮さんのことは嫌いじゃない。だから付き合うことにしたんだ。彼女を傷つけたく

なかったから……そのギャップは、いつか埋まると思っていたし、埋めるつもりでもいたけど、オレは……あのときオレが、彼女の告白を受け入れた本当の理由は……。

「孝之」

速瀬と孝之の危ない場面を、慎二が間に体を入れるようにしてさっと制した。

「オレたちは、お前の友達だ。な？　速瀬」

「……」

慎二は速瀬と孝之を交互に見た。

「だから、オレたちは、涼宮だけじゃなくて、お前を心配してるんだよ」

高ぶった心を静めるように穏やかに言われて、孝之も大きく息をついた。

「速瀬にしてみれば、お前も涼宮も大切な友達だろ？　そんなふたりがくっついたんだから、そりゃ気になるよ」

「……ん……」

孝之は懸命に頭を冷やそうとした。オレの身になれと思ったけれど、オレが速瀬の身になってみれば、そうかもしれない。

「ただ、調子に乗って少し冷やかしすぎたかもしれないな。謝るよ、ごめんな」

まじめに慎二にあやまられると、孝之は、自分こそかっとなって悪かったと思った。見ると、速瀬もすまなそうな、都合の悪そうな顔をしていた。

「すまん。頭に血ぃ上っちまって」

孝之が頭を下げると、速瀬も、ごめん、私も、と神妙にした。慎二もひと息、じゃあ席につくかというところで、速瀬が、まだ神妙な顔のまま付け足した。

「でもさ孝之。女の子って、態度で表してほしいんだよ。手……くらい、つないであげなよ。待ってるよ。遙」

孝之は何も答えなかった。


手をつないでほしい。待っている。そう、涼宮さんが速瀬に言ったのだろうか？　電話で？　まあ……そうだよな……オレは……彼氏らしいことは、何もしてないし。

孝之は、さっきのフォローのつもりもあって、いっしょに帰ろうと涼宮さんを誘った。

このごろは、ふたりでもそれなりにぽつぽつと話はしていたのだが、今日は、付き合い始めた最初の日のように会話がない。気分は、むしろあの日よりも重かった。

「いよいよ夏休みだね」

坂道の向こうに涼宮さんの家の屋根が見えてきて、孝之はやっと話し始めた。

「え……あ、うん」

「いま、ひょっとして夏休み何して遊ぼうとか考えてた？」

「ううん、違うよ」

「だめだよ、オレたち一応受験生なんだから」

軽口に聞こえるようにがんばっているのだが、どうにも、皮肉になるのはなぜだ？

「それは鳴海君でしょ？」

彼女なりに軽く返してくれるのが、嫌みに聞こえてしまうのは……鳴海君でしょ？　デートにも誘ってくれないし、手だってつないでくれないのは……。

「涼宮さん」

孝之は、ふいにすぐそばにある、指の細い小さい手をぎゅっと握った。

「あっ！」

柔らかで少し冷たい感触がしたと思うと、だが、その手はすぐにパシッと払われる。孝之は呆然《ぼうぜん》と立ちすくんだ。

「あ……ご……ごめんなさいっ！」

涼宮さんは真っ赤な顔をして、走ってその場から逃げてしまう。なぜなんだ。オレは、彼女が望むことをしたんじゃないのか？　オレは……何をやってるんだろう。

払われた手をじっと見つめた。

――失敗した。何度も胸で繰り返しながら、孝之は、どう歩いたかも覚えがないまま家に戻って、脱力しきってベッドに倒れた。

失敗した。付き合おうなんて言うんじゃなかった。嫌いじゃないから、彼女を傷つけたくないから付き合うなんて、結局、ただの同情か、あるいは自分が悪者になるのが嫌だから、格好をつけただけじゃないか。失敗した。振り払われた手の感覚と、告白をＯＫしたときの嬉し涙の涼宮さんが交互にフラッシュバックして、孝之はやりきれなくなった。

電話が鳴った。反射的に、受話器をとって耳にあてる。細い声。

「鳴海さんの……お宅でしょうか？」

「そうですけど」

「……遙です」

「あっ……」

「番号、水月から聞いて……ごめんなさい」

「いや、べつにいいよそんなこと」

「あの……ごめんなさい。今日のこと……い、いきなりだったから……その……びっくりしちゃって」

「気にしてないよ」

オレが気にしなきゃいけないのはそんなことじゃない。

だが、涼宮さんはさらにあやまった。

「ごめんなさい。直さなきゃって、ずっと思ってるのに……せっかく、鳴海君が付き合ってもいいよって言ってくれたのに……つまらない思いばかり、させちゃって……初めは、鳴海君がそばにいるだけで嬉しくて……でも、それじゃダメだって……」

とぎれとぎれに言いながら、ふと涼宮さんがよどみなく言った。

「水月が、羨《うらや》ましいです」

「えっ？」

「明るくて、活発で、言いたいことハッキリ言えて……わかってるんです。鳴海君、本当は水月みたいな人といるほうが楽しいんだってこと……」

そんなことないよ、と言おうとしたが、言えなかった。いままで、涼宮さんを傷つけまいと適当なことを言い続けた結果が、この状況だ。たしかに自分は、速瀬とバカやっているほうが楽しい。嫌いじゃなくても、涼宮さんのようなタイプはまわりにいなかったから、どう接していいかわからないのだ。

孝之は沈黙するしかなかった。鳴海君、と、また消えそうな声が聞こえてきた。

「鳴海君……私のこと……好きですか？」

細い響きに胸を突かれた。孝之は一瞬息もできなかった。

「私のこと、ほとんど知らなかったのに……付き合ってもいいよって、どうしてですか？」

辛くなった。止めてくれ。オレの本音を探り出そうとしないでくれ。予想はついてるんだろ？　自分で傷つこうとしないでくれ。ああ、オレはまた沈黙してる。まずい。何か言わなきゃ。何か……本当のことを。でも。

「……ごめん。よく、わからない」

それがいま、孝之が口に出せる、精一杯のことばだった。電話の向こうは沈黙した。遠く、車の走る音が聞こえた。あの家の前を通過したのだろうか？

「う……っく……え……っ……」

とぎれとぎれに、涙声が聞こえた。何か言おうとしているのかもしれない。わからない。孝之は、何も答えられなかった。そして、そのまま電話は切れた。

そういえば、彼女、敬語に戻っていた。オレが敬語は止めようって言ったから、無理していたのかもしれないな。放っておけば、しぜんに止められたかもしれないのに。

でも、どのみち終わりかな……涼宮さんとの短い付き合いだけじゃなく、オレと速瀬、慎二の3人の関係も……。


夏休みは初日から物凄い暑さだった。昼食のときに見たテレビでは、ピーク時の気温は35度だといっていた。ピークってきっと正午過ぎのいまごろのことだろうな。額の汗を腕でぬぐって、孝之は学園へ向かう坂をのぼっていた。

昨日の今日だ。当然、その日のうちにあるいは翌朝一番で、速瀬からの殴り込みを覚悟していたのだが、殴り込みどころか電話ひとつない。知らないはずはないだろうに……それとももう、顔も見たくないほど腹をたてられ、愛想を尽かされているのだろうか。

考えるうち、足が自然に学園に向いた。速瀬は実業団入りを狙《ねら》っているから、休み中も毎日部活で泳いでいる。

会ったところで、許してはもらえないだろう。だが、このまま自分から何もしないでうやむやにするよりも、せめて、けじめはきっちりとしておきたい。涼宮さんには、速瀬と話をしたあとで、ちゃんと謝りに行くことにする。

門をくぐってプールへ向かうと、途中で何人かの女生徒と擦れ違った。見覚えのある、速瀬と同じバッグを持っている。きっと水泳部員だろう。孝之に気づくと、女生徒たちはチラッとお互いに目配せをした。擦れ違ってから何か囁《ささや》くような声が、孝之の背中に聞こえてきた。なんなんだ？　いや、気のせいか……。

プールに着くと、独特の夏の匂《にお》いがした。水が太陽を反射して、まぶしいほどに光っていたが、泳いでいる生徒はひとりもいない。

いや。よく見ると、プールサイドの隅にひとり、濡れた髪の速瀬が座っている。疲れているのか、どこか途方にくれた感じで、ぼんやり水面を眺めている。

あいつ、ひとりで居残り練習をしているのか……さすがだな。頭が下がる。

「よう」

第２章　恋になるとき

そんなときにくだらない話で申し訳ないと思いつつ、孝之は速瀬に声をかけた。

「孝之⁉　どうしたの？」

速瀬は急にスイッチが入ったように反応した。無視される、冷たく返される、怒鳴られるのどれかを予想していただけに、驚かれるのは意外だった。

「練習中に悪いな」

「ううん。練習は午前で終わったから……どうしたの？　なんか、元気ないみたい」

「……」

速瀬のほうもなんとなく元気がないようだが、わざととぼけているようには見えない。するど、本当に何も知らないのか。涼宮さんも、速瀬に気をつかって、何も話していないのか。

「でも、せっかくだからお願いしようかな」

「何をだよ」

「あのね。教室のロッカーに、私の体操着とブルマーがあるの。それ、ここまで持ってきてくれないかな」

「えっ？　オレが？」

「他に誰がいるの？　判《わか》ったら、さっさと取ってくるっ！」

速瀬は指先で孝之の鼻先をかすめると、ビシッと教室を指した。おわ、と一瞬のけぞりながら、孝之は教室へとパシっていく。なんだこれは。相変わらず人使いの荒いやつだ。オレは、速瀬の体操着を運ぶために、暑い中わざわざ来たんじゃないぞ。しかも、ロッカーからブルマーって……腹いせにちょっと嗅《か》いでやろうか。

「誰が嗅ぐかっ！」

ひとりツッコミをしながらロッカーを探り、言われた物を手にして戻ろうとする途中、渡り廊下から見える植え込みに、水泳部のバッグが落ちているのを見た。バッグはボロボロに裂かれていた。なんとなく嫌な予感がして、孝之はそれに近づいた。壊れたファスナーの隙間《すきま》から、さらにこっぴどく引き裂かれ、ボロキレになった制服が見える。

孝之の頭に、門で擦れ違った女生徒たちと、途方にくれた速瀬の顔がさっと浮かんだ。どういうことか、すぐ察しがついた。

するべきことを3秒考え、とりあえず、いったん教室へ引き返す。

「——ほれ」

プールへ戻って、体操着といっしょに、速瀬に自分のジャージのボトムを投げてやる。教室へ戻って取ってきた物だ。

「これ、履いて帰れよ。上はともかく下がブルマーじゃみんなが迷惑だ」

「……」

速瀬は孝之の顔と投げられた服を見比べた。

「もしかして……見つかったんだ？　私のバッグ」

「あ……いや……」

あれは見せるのもあんまりだと思い、教室からここへ来る途中で、孝之はバッグを焼却炉に捨てていた。追及されたらどうしようか。だが、速瀬はそれ以上は何も訊かずに、受け取った服を持って立ち上がった。

「ありがとう。着替えてくるね」

更衣室へ向かう水着の後ろ姿を、孝之は感心、いや感動しながら見送った。自分が何をされたのか、気づかないような速瀬じゃない。期待の星といわれるだけに、妬《ねた》まれることもあるのだろう。だが、速瀬はそれを孝之に愚痴るでもなく、泣くでもなく、なんでもないことのようにしゃんとしている。


「ところで、孝之はなんでここへ来たの？」

着替えを終えて、孝之と並んで学校を出ると、速瀬はもう、完全にいつもの速瀬だった。

「あ、わかった！　昨日怒ったくせに、もう恋愛相談？」

ギク。

「そっかあ……孝之が、遙のことで相談ね……いいなあ、羨ましいよ、遙」

そんなことない。彼女はたぶん、いまごろ、後悔してる。

「孝之知ってる？　遙ね……1年のころから、ずっと孝之のこと好きだったんだよ」

——知らなかった。そんなに前からオレのことを？

「物好きだな」

くすぐったかった。わがことながらそう言うしかない。

「あはは！　私もそう思ったんだけどね。あの娘、ちょっと変わってるからさ……変わってるっていうか……」

速瀬は、プッと吹き出したと思うと、続けていきなり大笑いしながら孝之を叩《たた》いた。

「なんなんだよ!?」

「あはは……思い出しちゃった！　ちょっと聞いてよ、あの娘の伝説！」

「伝説？」

笑いすぎて目に浮いた涙をぬぐいながら速瀬は語った。


【遙伝説その1】

1年のときの体力測定、覚えてる？　あのとき、朝から小雨が降っててさ、あの娘長靴で来てたのよ。カワイイ傘とお揃《そろ》いの。そしたらさあ、あの娘運動靴忘れたうえに、午後からすっかり晴れちゃって——あの娘、長靴で100メートルのタイム測ったんだって！

「ぶははは！」

この年で長靴で来るのもすごいが、その長靴でボコボコ力走する涼宮さんを想像し、孝之も速瀬といっしょに爆笑した。

「あ、あとね……これ、遙の妹の茜に聞いたんだけど」

【遙伝説その２】

遙が小学校のころ、夏休みの宿題で朝顔の観察日記があって、茜とふたりでアイス食べながら庭で朝顔を眺めてたんだって。茜アイス食べ終わっちゃっても、遙しゃがんでじーっと朝顔睨みつけたまま動かないから、茜もガマンして見てたんだって。でも、もういい加減飽き飽きして遙のほう見たら——黒い物体がそこにいたんだって！

アイスがとけて垂れちゃってさ、それを伝ってのぼってきたアリンコがこう……びっしり！　それで茜が教えたら遙ようやく気づいたらしくて『取って！　取って！』って泣きながら走ってさ……茜も怖くて号泣しながら逃げ回ったんだってさ！

「あははははは！」

「うはははははは！」

孝之と速瀬は、擦れ違う人が不審そうな顔で振り返るほどの勢いで笑った。すげえ。涼宮さん、あんたすげえよ。

「……でもね。そういうところがかわいいって、近づいてくる先輩なんかもいたんだよ」

まだ赤い顔で息を整えながら、速瀬は、少しずつ真顔に戻って孝之に言った。

「その人は、かなりかっこよくって頭も良くて……でもさ、あの娘、ずっと孝之だけを見てたの。普通なら、即そっち行くとこなのに……一途、だよね。本当に」

速瀬のことばが胸にしみた。なのに、オレは――。

「それにね。私がこうして、孝之や慎二君と友達になったのも、遙のおかげなんだ」

「えっ。どういうことだ？」

「うん。いまだから言っちゃうけど、私、遙のために孝之に近づいたの。遙から、孝之のこと聞いてたし、かっこいい先輩ふってまであの娘が思い続けてるのは、どんないい男かと思ったら……ねえ？」

「なんだよ、その『ねえ』っていうのは」

孝之は、最初に速瀬としゃべった春の日のことをぼんやり思い出した。そういえば、あのときからそんな様子があった気もする。

「でもね、きっかけはすぐにどうでもよくなっちゃった。孝之バカで、本当に楽しかったし、孝之も慎二君も、私のこと、ヘンに特別扱いしなかったし」

バカは余計だ、と速瀬をかるく小突きながら、孝之は胸を熱くしていた。こんなふうに速瀬と親しくなれたのも、涼宮さんのおかげだったのだ。

「私、遙には本当に感謝してる。いまは、遙が孝之を好きな理由も、なんとなくわかるし……だから、孝之と遙には、幸せでいてほしいから……応援してんの」

速瀬はふっと遠くを見た。きりっとした少年のような横顔だった。が、わずかに瞳《ひとみ》を伏せただけで、それはすぐに少女のものになる。

「あーあ……私も彼氏作ろうかな」

――やっぱさ、女の子だもん。優しくしてくれる人がいれば嬉しいし……優しさは、独り占めしたいよね。

「速瀬……？」

「なんてね。ごめん、私このまま走って帰るわ。服もこれだし、ロードワークと思って」

「あ、おい」

「じゃあね！　遙とうまくやってね！」

後ろ姿のまま手を振って、速瀬はあっという間に小さくなった。

町中に、孝之は、ひとりで残された。

胸の中で速瀬のことばを反芻《はんすう》すると、さまざまな思いがわきおこってくる。

——1年のころから、遙はずっと、孝之が好きだったんだよ。

そうして、2年半たってやっと思いがかなったはずだったのに。辛かっただろうな。誰だ、そんないい娘を泣かせたヤツは。許せんと、孝之は、まじめに腹をたてた。

かわいくて、ちょっと……いや、かなりとぼけたところもあるが、絵本作家になる夢をしっかりと持っている涼宮さん。孝之のために、敬語を止めて、楽しく会話をしようと一生懸命になっていた涼宮さん。困ったような、優しい笑顔。

——一途、だよね。

孝之だけを見ていた大きな瞳。あの瞳は、もうオレには向けてもらえないのだろうか？

そう考えると、胸が締めつけられるような気がする。

——優しさは、独り占めしたい……

それは、男だって同じことだ。失いたくない。この気持ちは、涼宮さんを傷つけたくないとかいう同情じゃなく、友人関係のための義務感でもない。オレは……。

孝之は決意して走り出した。行く先は、もちろんひとつしかない。

そうして、涼宮さんの家を訪ねてドアを開けた涼宮さんを呼び出したあと、学園の丘の上に辿《たど》り着くまで、孝之は、ひとことも口をきかなかった。少しあとに、懸命についてくる涼宮さんの足音が聞こえたが、振り返ろうともしなかった。

丘の木は、夕日を背にシルエットになっている。幹に手をつき、孝之は息を整えて、改めて、涼宮さんに向き直った。浴衣《ゆかた》は見たが、涼宮さんの私服姿を見るのは初めてだった。足もとは素足にサンダル履きだった。その足で、男にあわせてここまで急いで、大変だったに違いない。だが、涼宮さんはひとことの文句も言わずに来てくれた。

けれど。

「オレ……涼宮さんに、言わなきゃいけないことがあるんだ」

という孝之のことばを聞いたとき、涼宮さんは、初めて首を横に振り、耳を塞《ふさ》いでそれを拒んだ。

「聞きたく……ないです」

「涼宮さん」

「いやあ！」

孝之がそっと腕に触れると、涼宮さんはビクッと体を震わせた。濡れた目だけが、孝之のほうをおずおずと向く。だが、孝之を振り払おうとはしない。そんな気力もないのだろうか。

「……ごめん」

涼宮さんはギュッと目を閉じた。覚悟か、最後の抵抗のように。

「いっぱい遅れて……ごめん」

「……」

「好きだ」

舌に乗せるだけで頭が熱く、口に出せば胸が痛くなることば。涼宮さんも、こんな思いで孝之に告白したのだろうか？

「もう遅いかもしれないけど……オレ……君のことが、好きです」

「鳴海君……」

涼宮さんはゆっくりと目を開いた。驚きと、まだまだ不安でいっぱいの瞳。孝之は泣きそうに優しい気持ちになって、そっと……だが、ごくしぜんに涼宮さんの肩に手を置いた。

「悲しい思いさせて、本当にごめんね。このことは、どうしてもここで伝えたかったんだ」

あのとき……君が告白してくれたとき、いい加減な返事をしてしまったこの場所で。そうすることで、あのときのオレが、帳消しにできるとは思わないけど。

そう言うと、涼宮さんはまた首を横に振った。やっぱりいまさら遅いのか、と孝之は一瞬沈みかけたが、

「消したくない……どんな気持ちでも……どんなことばでも……私にとっては、大切なの。

だから」

「涼宮さん」

「私……いまでも、鳴海君が好きです。だから」

涼宮さんの肩にある孝之の手が、しぜんに、細い体を引き寄せた。

「だから……これからも、いっしょにいてください」

「ありがとう」

孝之は、涼宮さんを胸に抱きしめた。すぐそばに、シャンプーの甘い香りがした。髪を撫《な》でて、そのまま涼宮さんの頬に手をやる。白い肌が薔薇《ばら》色《いろ》に染まっていた。目をあげて、涼宮さんは孝之をまっすぐに見た。孝之も、涼宮さんから目を離せない。顔と顔とが近づくと、涼宮さんはそっと目を閉じた。震えるまつげの間から、涙の雫《しずく》が伝って落ちる。

唇に、唇が重なった。

柔らかく、あたたかい涼宮さんの唇。気持ちと気持ちを重ねるように、孝之は、涼宮さんにキスをした。

第3章　星の願い

駅前の時計は、1時50分。午後の太陽は今日もギンギンに照りつけ、外を歩く人は皆、暑さにしおれてだるそうだった。

だが孝之は、自分だけは気合いの入った顔で、そこに立っているという自信があった。いや、口元は少々ユルんでいるかもしれないが——なにしろオレは、これから大好きな彼女とプールへ行くのだ。少々のユルみは、勘弁してほしい。

あと10分もすれば、遙が来る。顔を見るのは3日ぶりだ。夏休みとはいえ、遙も孝之も受験生なので、思うように会うことはできなかった。そのぶん、電話ではほぼ毎日のように話している。この前はとうとう、遙が親に怒られてしまったというので、なら少し自制しようという話を、また長々としてしまった。だめだなあと頭では判《わか》るのだが、遙の声を聞くだけで、嬉《うれ》しくて、ついついはしゃいでしまうのだ。

丘の上で、改めて告白してキスしてから約2週間。

孝之と遙は、それまでのぎこちなさが嘘《うそ》のようにうまくいっていた。話題を捜していた時期がいまでは信じられない。遙のことなら孝之はどんな些細《ささい》なことでも知りたいし、遙にも孝之のことを知ってほしい。遙といっしょの白陵大へ行きたくて、孝之は進学希望先を変更した。勉強にも、前よりもずっと気合いが入っている——たぶん。

だが今日は、思い切り息抜きをするつもりだ。午前中に遙から電話があって、速瀬からプールに誘われたので、いっしょに行こうと言われたのだ。

くくく。慎二のバカめ、こんなときに予備校だかなんだかで留守にしやがって。去年は慎二とプールへ行って、目の保養はしたが虚《むな》しかった。だが、今年は違う。オレのそばには、水着姿の……。

「こーんーにーちーわーーー！」

「ふわわわ⁉」

いきなり耳もとに高いばかでかい声が響いて、孝之はびっくりして飛び退《の》いた。見ると、小柄でやたら元気そうな目の、ちょっと男の子みたいな女の子が、にやにやしながら孝之を見ている。ひとの耳もとで大声を出したことについては、どう見ても反省のない顔だ。

「こら」

「さっきから何度も呼んだもーん。なんかヘラヘラしてて、気づかないから」

女の子はすました顔で言い切った。なんだと。お兄さんは怒っちゃうぞ。

「茜！　もう！」

すると、女の子の少し後ろから、今度はとてもよく知っている声がして、困り顔の遙が現れた。あかね？　その名前は、たしか……するとこの娘《こ》は……。

「ごめんね……びっくりしたでしょ？　妹なの。勝手について来ちゃって……」

「えー。噂《うわさ》の彼氏に会いたいって言ったら、すんごいニコニコしてたの、お姉ちゃんじゃない」

「ち、ちょっと！　茜っ！」

「というわけで、涼宮茜でーす！　鳴海孝之さんですね？　うーん……」

茜はいきなり孝之の周りをちょこちょこした足取りでくるくる回った。なんだ。

「8点　7点　8点　9点　9点　8点　7点　9点！　合計65点！　うーん、合格まであと一息っ！　お父さんに報告するには、ちょっとヤバい点数です！」

「ほ、報告ぅ？」

それもお父さんだとっ。孝之は半分マジで焦ってしまう。

「あかねっ！　いい加減にしなさい！」

「でも半分嘘じゃないもーん」

困りきってたしなめる遙を、茜は確実におもしろがっている。口も体もよく動いて、遙とは姉妹でも正反対だ。というか、このテンションは、別の誰《だれ》かに似ている気が……。

「ごめーん！　遅れちゃって……」

「よお、速……うがッ!?」

「水月せんぱーい！」

「あれ、茜……うわっ……！」

いきなり孝之を突き飛ばして突進したあげく、茜はためらいなく速瀬にダイヴした。ふいうちに、速瀬もそのまま押されて倒れてしまう。

「あいたたた……」

速瀬は腰を押さえながらよろよろと起きあがり、完璧《かんぺき》に負けた顔で苦笑した。

すげえ。デビュー早々からあの速瀬を倒すとは。オレができないことを平然と！

孝之はシビれて思わず茜に拍手を送った。遙はもう、すっかり眉《まゆ》を下げている。


プールに着くと、入口まで人のにぎわいが伝わってきた。

たしかに今日の暑さは、絶好のプール日よりだが。

「しかし、お前もわからんやつだな。毎日泳いでるくせに、なんで休みの日までわざわざオレら誘ってプールなんだ」

「いいじゃない。なんかぱーっと泳ぎたかったの！　それとも何？　孝之あんた、この状況に不満でもあるわけ？」

「や……」

この状況。遙に速瀬、茜ちゃんに、男はオレひとり。性別不詳がひとりとしても――

「いま何考えてたか、当ててあげようか？」

「め、滅相もございません」

水陸両用の速瀬には、今日のロケーションでは圧倒的に不利だ。

「鳴海さんって、水月先輩とも仲いいんだ！　なんか、いいコンビって感じ〜」

茜が今度は速瀬と孝之の間をくるくる回った。

「ちょっと待った。それは違うぞ。オレは速瀬にあわせてるだけだ。でなければ、こんなきょうぼ……ゴブオッ!?」

唐突に後頭部をバッグか何かで張り飛ばされ、孝之は久しぶりにお花畑に遭遇した。

「いくら鳴海さんでも、水月先輩の悪口は禁止っ！」

「茜、いい子ね〜」

ウウとうめいてへたれる頭上に、悪魔の会話が聞こえてきた。……そうか。わかったぞ。こいつは、速瀬に似ているんだ。キ……キケンダ……遙ぁ……。


だがしかーし！

「お待たせしました〜！」

もう日焼けノルマは達成したかと思われるほどシートの上で待たされたあげく、着替えて登場した姿を見れば、ここまでのマイナスも全部リセットでお釣りが来る。

シャープなデザインの青いビキニの速瀬は引き締まってかつ胸のあたりは魅惑的に揺れるほぼ完璧なボディの持ち主で擦れ違う男どもが皆振り返るし、未成熟ながら長い首にの

びやかな手足には将来を予感させるあるいはその青さに惹《ひ》かれる奴等《やつら》にはたまらんであろう茜の黄色いワンピースもいい。そしてッ、ああ他の男の目に晒《さら》すのが悔しいほど白い遙の肌ッ！　ふくらはぎや二の腕のほっそりさに比べてグッと柔らかそうなむ、胸のカップやほんの少しだけ丸みのあるお腹！　速瀬と茜の間で恥じらうように背を丸めると、腕に挟まれて胸の谷間が深く――

「シウバッ⁉」

「鳴海さん、いま、目がすごくいやらしかったです」

「孝之君、大丈夫？」

ふたたび後頭部を打たれてレジャーシートにへたれる孝之を、遙だけが、優しくいたわってくれる。ああ嬉しい。だが、遙の妹とはいえ、ここまでされたらオトシマエはきっちりつけなければ。孝之はすっくと立ち上がって人の少ないプールを指した。

「……茜ちゃん。あっちに競泳用のプールがあるから、オレと競争しようよ」

「ええ〜本気？　わかった、お姉ちゃんにいいところ見せたいんだ？」

「違うっ」

話ではたしか水泳部だと聞いたが、しょせんはガキのレベルじゃないか。男の力ってやつをひとつ見せつけ、ひとをナメきった態度を反省させるのがオレの狙《ねら》いだ。

「そうだ、負けたほうがジュースおごりっていうのはどうだ？」

「ホント？　おごってくれるの？　じゃ、早く競争しよっ！」

茜は瞳《ひとみ》をキラキラさせて、孝之の腕を引っ張って競泳用のプールへ行く。おい、おごるのはオレが負けたらだぞ、わかってるのか。ああ、遥も、そんなに心配そうな顔をしなくても大丈夫だよ。ちょっとお仕置きするだけで、本当に本気は出さないから。

「本当に競争するつもり？　止めといたほうがいいと思うよ」

「おう、速瀬。ちょうどいいや、お前、審判頼む」

「いらないと思うけど……まあいいわ」

そう、いいのだ。速瀬の目の前で勝負するほうが、茜にはいいクスリになる。

——そして。

「ううう……げはあ〜……っ……」

冷えて重くなった体でもがくように泳いで、孝之はやっとプールの縁にすがりついた。

「孝之君……唇の色が、変わってるみたい……」

「いや。大丈夫だ。だが……うん」

遥にはなんとか笑おうとしたが、視界が白くぼやけてきて、何を答えているのか自分でもよくわからない。

「えへへへ。鳴海さん、ごめんね。また勝っちゃった」

にくき小悪魔の声が聞こえる。いまので何本目の勝負だったか？　どれも、ほんの僅《わず》かな差なのに。

「よし。茜ちゃん、もうひと勝負だ」

これまでに、茜はすでにジュースと焼きそばと焼きトウモロコシとかき氷をゲットしている。不本意ながら、そのぶん孝之の財布は軽いが、そろそろ、茜は満腹で運動能力は低下するはず。いまがチャンスだ。逆転するなら、いましかない。

「何度やっても無駄だけどね」

「ほう、たいした自信じゃないか茜君。ではどうだね、次は倍付けというのは」

「別にいいですけど、どうせなら10倍にしましょうよ！」

「あーあ。うまいことのせられちゃって」

速瀬が、遙と顔を見合わせてため息をついた。

「うむ、さすが速瀬だ。オレの計算を見抜いたな」

「何言ってるの。のせられてるの、孝之のほうだよ。茜も、いい加減許してあげなよ」

「はーい。それじゃ、そろそろ本気で泳ごっかな。お姉ちゃんとデートするときのお金、無くなっちゃったらかわいそうだし」

「本気だと……？」

孝之は濡れて額にへばりつく前髪の間から、恨めしげに速瀬と茜を見上げた。

「あのね孝之。あの娘、一応今期の記録持ってるから」

速瀬がさらっと言って笑った。

「……」

「これ終わったら、水月先輩、競争してください！」

「いいよ。じゃ、さっさと終わらせちゃって……あ」

「ああーっ！　鳴海さん逃げたー！　ずるーい！」

知るかっ！　マジうぜえよお前ら！　っていうか似すぎ！


「お疲れさん」

それから、夕方まで泳いで遊んだ1日の帰り道。方向が違う涼宮姉妹と別れてふたりになって、速瀬が、孝之の肩をぽんと叩《たた》いた。孝之は遙を送りたかったが、茜がいる。遙とふたりにはなれないし、茜にこれ以上振り回されてはかなわないので、諦《あきら》めていた。

「まあでも、気に入られてよかったじゃない」

「あれで嫌われてたら、シャレにならん」

「あはは……でも、今日の孝之と遙見てたら、私も本気で彼氏欲しくなっちゃった」

「またそんなこと言って。欲求不満なんじゃねえの」

速瀬の口振りが本気っぽかったので、孝之は、逆に冗談にしたくなった。

もしも速瀬に彼氏が出来たら、今日のように気軽にバカやったり遊んだりはできなくなる。勝手だと思うが、それは少しさみしい。だが、速瀬が記録と戦うプレッシャーや、この間のようにバカどもから嫌がらせを受けていることを考えると、支えがほしいと思うのも無理はない。だから、速瀬に彼氏ができるなら、応援しようとも思うのだが。

「じゃあ私、ここで」

孝之があれこれ考えているうち、いつの間にか別れ道まで来てしまった。別れ際に、速瀬は、すっと孝之に紙袋を差し出す。そういえば、会ったときから手にしていた。

「これ。この間は、貸してくれてありがとう」

中身は孝之のジャージのボトムだ。きれいに洗って、たたんであった。

「ああ。なんだ、持ってきてたんなら、もっと早く渡してくれてもよかったのに」

「遙の前でそれはできないでしょ？」

じゃあね彼氏、と手を振って、速瀬はまた、夕焼けの中を駆けていった。あんまり速くいなくなるから、孝之は、いつもなんとなくせつなくなる。

「ドちくしょおお！　ふざけんなっ！」

ひとりの部屋でブチ切れて、孝之はテレビの電源を蹴《け》って切りながら、コントローラーを叩きつけた。ケタ外れの強さを持つ中ボスに、挑み続けて早10回。もういい。ガマンできん。眠ってやる。しかし……。

午前10時。すでに朝日でさえない日差しが、カーテンの隙間《すきま》から眩《まぶ》しく零《こぼ》れる。

やっちまった。受験生がゲームにハマって徹夜した。ゲームの徹夜明け独特の脱力感と、頭の中だけが妙に覚醒《かくせい》して熱い感じに悩まされつつ、孝之はベッドに潜り込んだ。

と、ちょうどそのときを待っていたように電話が鳴る。

「もしもし？」

「あの、遙ですけど。ごめんね。寝てたかな？」

「いや。どうしたの？」

「えっとね。今日……もしよかったら、会いたいなって……突然すぎるかな？」

「いや。会おう」

孝之は0・1秒のためらいもなくキッパリと言った。

「いいの？　よかったぁ……」

じゃあ1時間後に駅前で、と約束して受話器をおいて、孝之はみずからの頬《ほお》を叩いた。

徹夜明け。だが、遙のためならいけるだろう。うっかり寝たらもうアウトなので、シャワーに入って気分をスッキリさせてから、少し早めに家を出てみた。

「おはよう、孝之君」

現れた遙は、青空の色にひまわりをプリントしたワンピースを着て、手にはバスケットを持っている。夏らしくて、遙にとてもよく似合っていた。そんな遙がにっこり笑うと、だるさも眠気もとりあえずは解消。

「おはよう。今日は、どこに行く？」

「えっと……景色が、きれいなところがいいなっ」

「いいね。じゃあ、橘町《たちばな》へ行こうか。ほら、あそこに海浜公園があっただろ」

「うん！」

しかし。うだる暑さの外から冷房のきいた電車に乗って、一定のリズムで揺られていると。この時間は、車内も空いていて静かだし、遙とふたり、幸せなムードも手伝って、孝之は、たまらなく眠くなってきた。

いかん。こんなところで遙にだらしない姿を見せるわけにには。うぐぐ。

「孝之君……どうしたの？」

眉を吊《つ》り上げ、無理やりに目を開いている孝之を、遙がけげんな顔でのぞいた。

「あは。実はオレ、昨夜、徹夜しちゃって」

「徹夜？　凄《すご》い。勉強で？」

「……の途中でわからないところがあったから、いったん休憩のつもりでゲーム始めて」

「もう。そんなんじゃ、大学行けなくなっちゃうよ」

茜をたしなめるような口調のお姉さんな遙に、孝之はつい甘えたくなる。

「がんばります。だから……ちょっとだけ、寝かしてくれる？」

「うふふ。うん。いいよ」

ごめん、と言って目を閉じたと思ったら、孝之はもう、心地よく眠りに落ちてしまった。

繰り返す、電車の揺れる音。すぐそばに、遙のいい匂《にお》い。うーん……。

ガタン、ゴトン……ガタン、ゴトン……。


「……君。孝之君」

「ふにゃ」

「起きて、孝之君」

「ん……わっ」

目を開けると、いつの間にか、車内にはもう誰もいなかった。しかも、窓の外は見慣れない田舎の景色。電車は駅のホームに止まっていた。柱を見て、孝之は呆然《ぼうぜん》とした。

「白塚《しらつか》？　終点じゃないのか？　なんで橘町で起こさなかったんだ」

「孝之君、すごく気持ち良さそうだったから」

って、それだけで、ひとりで１時間も電車に揺られて付き合ってくれたのか。

「ごめんな」

孝之は、感激して遙の頭をくしゃっと撫《な》でた。ううん、と遙は首を振って笑う。

「おもしろかったよ。何かね、孝之君が寝言みたいに『きゅ〜』って言ったり……それに、寝顔もかわいかったし」

——私の肩に、頭を乗せて寄りかかってくれて。

ぽっと遙が頬を染めた。孝之は、恥ずかしさと照れくささと嬉しさがゴチャゴチャになって、ただもう、遙を抱きしめくなった。「終点ですよ」と駅員に追われなかったら、その場で、キスしてしまったかもしれない。

ホームに出ると、日差しは相変わらずきつかったが、空気は街よりもはっきりと澄んで、駅からの眺望は開けていた。

「しかし、見事になんにもないな」

駅前には、聞いたことのない名前のコンビニが1軒と、ロータリー、低いビルがぽつぽつあるくらい。遠くに山があるせいだろうか、鳥が鳴いて、緑の匂いがする。

「どうする？　戻るか？」

「あ、ううん……ここでも、いいの。ここね、空気がきれいで景色もいいでしょ？」

「だけど、ホームでデートってのもなあ……」

「ふふ、いいの。ね、ベンチに座ろ？」

遙に誘われ、孝之は、日陰にあるベンチに並んで腰かけた。遙は、楽しそうにゆっくり首を振りながら、膝《ひざ》に置いたバスケットを開いて包みを出した。

「あのね。今日は、どこに行きたいとかじゃなかったの。これ……孝之君に、食べてほしくて。ミートパイなんだけど」

小さな花模様のナプキンの中から、きつね色の、丸みのある三角形のパイが出てきた。

「遙が作ったの？」

「うんっ。いままで、何度も作ったんだけど、1回も成功したことなくて」

「何度もって、何度くらい？」

「えっと……5回……6、7……じ、10回はいってないんだけどっ」

細い指がナプキンの端っこをくりくりとつまんだ。

「初めて、上手に出来たから……どうしても、孝之君に、食べてほしくて。でも、ミートパイ食べてほしいから、

会いたいなんて迷惑かなって……だから……」

「……」

「ご、ごめんなさい！　やっぱり、迷惑だったかな」

「まさか！　すげえ嬉しいよ」

あんまり感激したのでことばが出ませんでしたとは、照れくさくてさすがに言えないが。

「さっそくいいかな。じつはオレ、いますごく腹減ってるんだ」

「あっ。じゃあ、どうぞ召し上がれ！」

ウエットティッシュで手をふいて、遙はパイを一切れつまんだ。孝之は、パイがまだ遙の手にあるうちに、顔を出して一口かぶりついた。

「んまいっ！」

中の肉はちょっとバターのきいたハンバーグみたいで、手作りらしい素朴な味。皮はサクサクしてて、香ばしい。遙の愛情がたっぷり詰まって、なんとも、泣ける味だった。

「ほんとう？　よかったあ……」

「なんだよー。オレがまずいって言うと思った？」

「だって……茜が……それがもとで別れようなんて言われたらどうする？って……」

「ははは（あいつめ）。そんなことあるわけないよ。遙は、他の料理は得意なんだろ？」

「ええっ!?」

「うそうそ。そんなに予想どおりの反応で驚くなよ。それより、もっと食っていい？」

「あ、うん！」

それから自販機で冷えた麦茶を買って、孝之は、のどかな山の景色を見ながら、遙とミートパイを食べた。とくに何を話すわけでもなかったが、ほのぼのと、くすぐったいような空気がふたりを優しく包んでいた。ささやかだが、かけがえのないひととき。

「よし。決めた。今日は、8月6日だな？　これから、8月6日はミートパイ記念日だ」

「ミートパイ記念日？　孝之君……大げさだよぉ」

遙はくすくす笑ったが、いやと孝之は記念日を決めた。こんな、すべてが愛おしいような、温かい気持ちになる日が自分に訪れるなんて、考えたこともなかったのだ。


記念日以降、孝之は、自分なりに最大限の努力をする日々をおくっていた。これからも、絶対に遙といっしょにいたい。絶対に、遙と同じ白陵大へ行きたいと、朝早く起きて机に向かった。中ボスには、あれから戦いは挑んでいない。

だが現実は、数日で変わるものではなかった。１００点中55点という無惨な答え合わせの結果に、孝之は、がっくりとうなだれて机に伏した。

やればできる。遙のためにがんばらなければと、もう一度頭を振って立ち上がる。とりあえず、いま引っかかっているところをクリアするため、本屋へ参考書でも見に行こう。

外は今日も歩くだけで汗がダラダラ滲《にじ》み出てくる。孝之は少しでも暑さを忘れようとして、ＭＤで気に入りの音楽を聴きながら歩いた。

本屋のある商店街の中へ入ると、あちこちで、白陵柊や知らない学校の制服を見かけた。なんだろう、どこかの部活で集まりでもあったのかな。何気なく左右を見回して、孝之ははっとして立ち止まった。

吹き抜けの、ガラス張りの喫茶店の2階に、速瀬がいる。後ろ姿だが、制服にあのポニーテール、間違いない。そして、速瀬の向かいには知らない男。よく日焼けした、肩幅の広いちょっと軽そうな雰囲気の男が、親しげに、速瀬に話しかけている。

誰だ、あいつ……何してんだ、速瀬と……。

速瀬のリアクションはわからない。だが、あの速瀬が嫌いな野郎を黙って向かいに座らせておくなど有り得ないから、あの野郎は、速瀬と関係があるんだろう。

彼氏がほしいと言っていた速瀬を思い出した。孝之は、耳にかけていたヘッドホンを外すと、こっそり建物の反対側へまわって速瀬の様子をうかがった。見慣れない、妙に大人びた顔の速瀬がいる。楽しいのだろうか。あれが、あるいは彼氏に見せる速瀬の表情？

……。

孝之は、複雑な思いでその場を去った。速瀬が選んだ男なら、オレが口出しするべきじゃないのはわかってる。だけど――。

「わっ！」

考え事をしながら角を曲がって、孝之は数人の女の子の集団にぶつかりかけた。

「あ、ごめ……あれ？」

「ああー！　鳴海さーん！」

集団の中でもひときわ小柄で、だが声はひときわでかい女の子が抜け出してきた。

「よう、茜ちゃん。どっかの帰り？」

「うん。今日、水泳の大会があったんだ。白陵柊が会場だったの」

ああ、それでこのへんに、知らない制服が何人もいるのか。茜も仲間の女の子たちと同じ制服を着ている。仲間たちは、茜が孝之と話すのを珍しそうに見ながら帰っていった。

「鳴海さんは何してんの？」

「聞いて驚け。オレは、本屋へ参考書を買いに来たんだ」

「へえー！　うん、驚いた！　すごーい！　すごいすごいすっごおおーいっ」

茜はわざわざバンザイをしてみせたあげくに手をいっぱいに広げて拍手した。

「おい。いますげえオレのことバカにしてるだろ」

こいつ、さっきの仲間といっしょに、帰ったらよかったのに。

「そんなことないよ？　受験生のくせしてゲームで徹夜して、デートで寝るような鳴海さんが参考書買いに来てるなんて、本心から驚いてるもん」

「な！　そっ、は……」

「遙から聞いたかって言いたいの？　違うよ、お姉ちゃんが水月先輩に電話で言ってるのを聞いてたの」

「速瀬にだあ？」

するとオレは、またひとつ、やつに弱みを――速瀬、か……。

お約束のテンションの高い敗北感がわいてきたところへ、さっきの速瀬の顔が重なる。

すると、孝之の微妙な変化を感じ取ったように、茜もシリアスな顔をした。

「でもね。水月先輩、きっと鳴海さんどころじゃないよ。彼氏できたって噂だもん」

「……どんなやつだ？」

「よその学校の選手の人。今日の大会、水月先輩も出てたけど、終わったあと、その人といっしょに帰ってた」

さっきの男だ。あの日焼けといい肩幅といい、水泳をやってるに違いない。

ふと見ると、茜の瞳から、いつもの元気が消えていた。なんだ、こいつも憧《あこが》れの先輩に彼氏ができると寂しいのかな。と、茜が上目づかいに宙を睨《にら》んだ。

「あ。なんだか、嫌なこと思い出してきちゃった」

「なんだよ」

寂しげな顔が、いまははっきりと悔しそうに唇を噛《か》んでいる。

「水月先輩、3位だったの。いつもは軽く優勝なのに、あんまりタイムが伸びなくて」

「ああ……まあ、勝負ってのはそういうもんだろ。調子の悪いときもあるさ」

「うん。でもね。私、すっごく頭にきちゃったんです！　だって、それを見てた白陵柊の選手の人が、速瀬は彼氏できて練習どころじゃなくなったんだろうって、聞こえるように言うんですよっ！」

「――なに」

「その上、いまの水月先輩ならチョロいとか……しょせん先輩もそのへんの女といっしょだとか……」

「っざけんじゃねーよ」

孝之は、いきなりキレて茜がびくっと驚くほどの低い声を出した。

「茜ちゃん、顔覚えてるならいますぐそいつ呼んでここへ連れて来い。女だからって、容赦しねえから」

「えっ……鳴海さん……」

「あいつはなあ、誰にも弱いとこ見せないで、めちゃくちゃがんばってるヤツなんだよ。それが気持ちが奪われて3位で勝てなかったたっていうんなら、それは、バカの思いつくような安いことじゃない。もっと、何か……」

まさか……この間やられたみたいな、ひどくヤバイ、悪質な嫌がらせ……。

「鳴海さんっ！」

逃げ出す寸前のような怯《おび》えた声で、茜が必死に孝之を呼んだ。

「――あ。ごめん。なんか、頭に血がのぼって。いいよ。呼ぶとかは、うん」

孝之は、肩で数回、深呼吸した。茜も、ほっと息をついて胸に手をあてる。

「鳴海さん……水月先輩のこと、すごくわかってて、心配なんだね」

「友達だからな」

「友達だから？　それだけ？」

孝之の突然の見幕を目にしたせいか、茜は、いくらか不審そうに孝之を見上げる。その目に、まだおさまらない孝之の心が反応した。

「ほかに何があるんだ。愛してるとか、愛してないとかそういうやつか」

しぜんにまた、声が強い調子を帯びてしまう。

「え。あ、べつに」

「まあ、わからなくもないけどさ……」

自分をおさえる努力をしながら、孝之は淡々と茜に言った。

――オレは、友達と恋人はどっちが大事かなんて、簡単には比べられないと思ってる。

もしもデートの約束をしてる恋人と、困ってる友達が同時にいたら、オレは、たぶん困ってる友達のほうを選ぶよ。恋人も困ってるときになって、初めて、どうするか死ぬほど悩むんだ。それは、友達が「困ってる」からってだけじゃない。オレらにそれが伝わるくらい、そいつ自身じゃ手に負えない問題を抱えてるってことだからだ。

「速瀬は、オレの……その、親友なんだ。オレも、あいつに助けられてる。だから、あいつがもし何か悩んでるなら……できるかぎり、力になって、やりたいんだ」

言いながら、天下の往来で青臭いことを主張してる自分にどんどん気づき、孝之は、恥ずかしさで頬を熱くして、言い終わったときにはもう消えたくなった。だが、茜は何ひとつ茶化すこともなく、じっと孝之を見つめていた。

「ごめんな。説教くさくなって」

「ううん。私も、ごめんなさい。鳴海さんが、そんなに先輩を心配してくれてるなんて、知らなかったから」

「茜ちゃんの怒りもそうだろ。速瀬は、大切な先輩だもんな」

「うんっ！」

「速瀬には、オレが今度それとなく聞いておくからさ。このことで怒るのは、もうやめよう」

「うん。でも私、鳴海さんがあんまり本気で怒り出すから、びっくりして、怒るの忘れちゃった……」

「あははは。そっか」

孝之と茜は、顔を見合わせて笑った。


夜、遙から電話がきた。

「お盆にね。橘町の神社でまたお祭りがあるでしょ？」

「ああ、いいね。そうだ、慎二とか速瀬も誘って行こうか。速瀬、お祭り好きだからな」

「うん……じつは、水月と電話していてお祭りの話になったんだけど……水月は、他に約束してる人がいるから、私たちといっしょには行けないって」

「あ。そうなのか……」

やっぱり、あの日焼けした男といっしょに祭りへ行くんだろうか。香水をつけて、浴衣《ゆかた》を着て。

「まあ、仕方ないな。それなら慎二も誘うのをやめてふたりきりで行こうか？」

「えっ」

「いや、せっかくだからあいつに見せつけてやれ。毎日予備校ばっかり行ってて、プールにも付き合わなかった罰だ」

「もう……」

「ははは。慎二にはオレから電話しておくよ。電話くれてありがとう」

「うん。じゃあ、またね。おやすみ」

受話器を置いて、孝之は気分転換にベランダへ出た。景色はべつに良くないが、思ったより夜風は涼しかった。

お祭りか……。4人で過ごせる、この夏最後のイベントになると思ったんだけどな。


しかし、慎二はムカつくやつだ。せっかくのお祭りの日だってのに、辞書を学校に置き忘れたのを思い出しただと？　オレが遙を迎えに行くなら、ついでに学校へ寄って取って来てくれ？　しかも、忘れたのは英英辞典てなんだよそれ。

孝之は自分が慎二に遙との仲を見せつけようと企んだことは棚に上げ、友達の人づかいの荒さに胸の中で文句を言いながら学校へ向かった。

用はすんだが、遙との約束にはまだ時間がある。丘へでも行って一休みするかと歩いていくと、途中、体育館の脇《わき》のプールから、誰かが泳いでいる水音がした。

まさか。と思いながらも何か予感がして孝之はプールへ足を向ける。夕日が水面をオレンジ色に照らして光っている中、ひとり、水に乗っているように泳ぐ姿がある。帽子とゴーグルに覆われているが、ブレスであげる顔は速瀬だった。

凄い……。孝之には、泳ぎの良し悪しなどはわからない。だが、夕日を浴びて進む速瀬のフォームは美しく、見る者のことばさえ奪って圧倒するほどの迫力があった。これが、実業団から誘いが来る、強化指定選手の候補にあがる人間の泳ぎなんだ……。

「速瀬！」

ようやく、声をかけることができたのは、何往復も終えた速瀬がゴーグルと帽子を外して水からあがってきたときだった。

「孝之？　どうしたの、今日はお祭りへ行くんじゃないの？」

「オレは、慎二のパシリでさ。お前こそ、祭りへ行くんじゃなかったのかよ。オレたち以外と約束あるって、遙に聞いたぞ」

「ああ……それは……相手のほうで、都合が悪くなっちゃってさ」

「そっか。ならオレと行こうぜ？　遙も慎二も喜ぶぞ」

目の動きで孝之は速瀬の嘘を見抜いていたが、知らん顔をして笑いかける。

「……いい。やめとく」

速瀬は孝之から目をそらし、ベンチに座って置いてあったタオルにくるまった。

「なあ。お前さ、ひょっとして……何か、悩みがあるんじゃないか？」

「え？　ないよ。悩みなんて、ぜーんぜん」

「本当か？　このごろ、ときどきなんか様子違うし……茜ちゃんに聞いたぞ。大会、3位だったって。それって、本当に本気出したお前の実力なのか？」

「本気……うん……まあ、そうかもね」

のらりくらりとはぐらかす態度に、孝之は腹がたってきた。

「お前なあ。陰で言われてること知ってるのか？　男ができてのぼせてるから成績落ちた、オレはそんなの信じなかったけどまさか本当に色ボケなのかよ⁉」

「失礼ね！　何よ、色ボケって！」

「そうじゃねえかよ。自分がいま、どういう時期だかわかってんだろ？　男で浮かれてる場合かよ！」

「アンタに言われたくないわよっ！」

一変して、速瀬は怒りに燃える目で孝之を見た。孝之もひかない。前にも同じようなことがあったが、いまは、止めに入る役の慎二はいない。

「オレは、言っとくけど志望校白陵に変えたぜ？　まあ、変えたくらいじゃ自慢にならんが、少なくとも、毎日、それはそれは規則正しく勉強してます。休み明けのテストは、前よりはかなりやれると思ってる」

「……」

「オレは、オレなりに精一杯やってるよ。お前はどうだ？　大会で、本気出せたのか？」

何も言わず、速瀬はタオルに顔を埋めてしまった。

「オレさ。お前には、本当に感謝してるんだよ。遙とも、お前のおかげでうまくいったし」

「私は……なんにもしてないよ」

タオルから顔をあげないまま、速瀬はこもったような鼻声で言った。

「そんなことない。オレたち……じつは、やばかったんだから」

え、とやっとあげた顔に孝之はうなずく。

「なあ。お互い、ぶっちゃけて話しないか？　オレも、全部話すからさ——まあ、ウザけりゃはっきり言ってくれよ。もう、これ以上は言わないから」

「そんな……だって、お祭り……どうするの」

プールを照らしていた夕日はもう、半分以上沈んでいる。しまった、もう遙を迎えに行く時間だ。だが、孝之は引き返せない。

「仕方ないよ。遙には、あとであやまっておく」

「そんなの、だめだよ。遙がかわいそうだもん」

「こっちのことはいい。だから、お前が、オレに帰ってほしいならはっきり言えって」

速瀬は、しばらく沈黙してうつむいた。口に出した以上、次に帰れと言われたらもう、孝之も、これ以上はここにいられない。だが、速瀬はきっとそうは言わない。祈るような気持ちで速瀬を見た。オレたちは、ここでは終わらないよな？

「……着替えて、くるね」

ああ。孝之は、心の底からほっとした。

「そうだな……じゃ、丘で待ってるよ」


18分、速瀬は丘に来なかった。孝之には、1時間にも2時間にも感じられた。

どうしたと速瀬の携帯にかけることもできたが、孝之は、それもしなかった。速瀬は来ると信じなければ、できる話もできなくなる。待ちながら、遙の心配そうな顔が浮かんで、申し訳なさに苦しくなった。遙、本当に本当にごめん。でも、信じてくれ。理由もなく、オレがお前との予定をすっぽかすことはない。

「……遅くなって、ごめん」

そうしてやっと速瀬が丘に現れたころには、もう空に星がちらほら出ていた。

だが、孝之と並んで座る速瀬の顔は、いつものように、晴れ晴れとしている。

「私ね。いるの。噂どおり……彼氏、っていうか、付き合おうと思った人」

「へえ」

ぽつぽつ話し始める速瀬に、知らないふりで相づちをうつ。

「いままでに、私に告白した人は、10人くらいいたんだけどね」

「何、10人!?　バカな！」

「ぶっとばすわよ」

「続けてください」

「もう。で、今度の人も含めてみんなに、私訊《き》くわけ。『私のどこがいいの？』って」

「うわ。そいつらきっと、スフィンクスに遭遇した旅人の気分だっただろうな」

「……遺書は、書いてあるわね？」

「う。まあ、性格とか、かわいいとか、そんなところか？」

「ふ、無理しなくていいわよ。いろいろあるけど、みんな、必ずこの髪を褒めるの」

まだ濡れているようなポニーテールを、速瀬は指ですっと撫でた。

「そして、みんなそのせいでフラれた、と言っても過言ではない」

「なんでだ？　褒めてふられちゃ、向こうも納得いかないだろ」

「かもね。でも、この髪は、私の嫌な部分……意地っぱりな私、そのものだから。記録のためにに切れって前から言われて、なんかそういうのムカついたから、髪が長くても勝てるって……そのぶん、猛練習してきた私」

「ああ。その話、聞いたことあるよ。速瀬伝説のひとつだな」

「あはは！　伝説はやめて、遙じゃないんだから。でも、まあ……春の大会が終わったら、本当は、すっぱり切るつもりだったんだけど。実業団の話も来て、髪のせいで勝てないとは、もう、誰も言わないと思ったし」

「じゃあ、なんで切らなかったんだ？　たしか、春の大会は優勝したよな」

「うん。春の大会が終わるころにね、ある人に、ショートが似合うんじゃないかって言われて。嬉しかったけど、言うとおりにするのがなんか悔しくて、また意地になって」

「へえ。もしかして、それが噂の彼氏なのか？」

複雑だ。だが、ショートが似合うと言った人間のことを話す速瀬は、本当に嬉しそうだった。

「違うよ。髪に関しては、あの彼はそれまでの男と同じだった。でも、私はもう、髪のことを気にする必要がなくなったから。だから、もういいかなって……気にしてないって、自分に認めさせるためにも……」

「そんな理由で付き合ってたのか。まあ、オレもひとのことを言える立場じゃないか」

孝之は、立てた膝に頬杖をついて息を吐いた。

「どういうこと？　そうだ、今度は孝之のこと話してよ」

「ああ……」

孝之は、速瀬に全部話した。遙の告白を受け入れたのは、遙を傷つけたくないという同情と、速瀬や慎二との関係を壊したくないという思いからだったこと。けれど、速瀬から遙の話を聞いて、自分が守りたかった関係が遙のおかげで生まれたことや、遙の、孝之に寄せる思いの一途さを知ったとき、初めて、孝之は遙を好きになり、心から守りたいと思ったこと。

「だからオレは、お前には本当に感謝してるんだ。だから……オレで、お前の力になれることがあったら、できるかぎりのことはしたいよ」

あたりはもう、すっかり夜になっていた。遠くに見える観覧車がライトアップされている。広がる街の夜景の中でもひときわ明るく見えるあそこが、橘町の神社に違いない。本当は、いまごろあそこに行くはずだった。

「私さ……じつは、いまの彼に、正式に返事してないんだけど。彼と、このまま付き合うべきだと思う？」

いきなり、ずいぶん重い質問が来た。もちろん、懸命に頭をつかって考える。

「お前、男と付き合ったことあるのか？」

「……ない」

「じゃあ、男を好きになったことは？」

「あ……ある」

ためらいながら、速瀬はらしくない小さな声でそっと答えた。

「じゃあ、そのときの気持ちに正直になれよ。いまの男を好きかどうかは、自分が一番よく知ってるだろ？」

ちなみに、オレや慎二より頼りにならないヤツなら危ないぜ。お前がブチ切れるのは目に見えてる。オレたちも、その程度の男がお前の彼氏じゃ、心配だよ。

「お前がオレと遙をやたら心配してくれたみたいに、オレもお前のことは心配だからな」

「……うん」

夜風が丘の木の枝を鳴らして、速瀬の髪もさやさや揺れた。横顔が、じっと神社の明かりを見ている。またあの気分だ。速瀬はときどき、孝之を妙にせつなくさせる。

「──孝之！」

そこへ、沈黙を破る激しい声がした。振り向くと、慎二がえらい見幕で立っている。

「何やってんだ！　なんの連絡もなしに、あんまりじゃねえか⁉」

すぐ後ろに、泣きそうな顔の遙がいた。

「すまんって！　涼宮が、どれだけ心配したと」

「……すまん」

「待って！」

速瀬がふたりの間に入った。

「ごめんなさい。私が、孝之を無理やり引っぱり出してたの。ごめんね遙。本当に……ごめんっ」

深々と、泣き声混じりに速瀬は遙に頭をさげた。

「何かあったの？」

自分のことはすでにどうでもいいらしく、遙は速瀬をいたわるように肩に手をやる。

「私ね。ある人と付き合おうとしていたの。なのに、本当にその人が好きなのかどうかわからなくて……ズルズルしてたらしわ寄せが来て、孝之に説教されちゃった」

「水月……」

「孝之、お前知ってたのか？」

「まあ、薄々は。偶然にな」

「みんなにさんざん迷惑かけて、お祭りにも行けなくて本当にごめんね。でも、おかげで気持ちは固まったから。私には、まだ彼氏は早いみたい。遙や慎二君のほうが頼りになるし、ずっと好きだってわかったから」

「あの……オレは？」

「そんな……私だって、水月にはすごく迷惑かけたし」

「涼宮が怒ってないんなら、オレは、今日のことはもういいよ」

ごめんね遙、と速瀬がもう一度遙に言うと、遙も目を潤ませてうなずいた。女の子どうしが手をとりあって、気恥ずかしくも麗《うるわ》しい場面。オレは？という孝之の台詞だけが無視されたようだが、このさいそれはいいとしよう。

「なんかさー。オレたち、ひょっとしてすげー恥ずかしい青春してない？」

慎二が頭を掻《か》いて苦笑した。

「あははは！　してるしてる」

速瀬の笑顔も、もう完全にいつもの速瀬だ。

「というわけで記念に一枚。祭りで撮ろうと思って持ってきたけど、せっかくだし」

慎二はカメラを手にしていた。

「思春期の記念ってことで、ほれ、並べ並べ」

「ぐわー！　思春期！　オレの人生で、一番当てはめてほしくないことばッ！」

孝之は悶絶《もんぜつ》してみせたが、

「いいからさっさと並べよ思春期。お前はこっち……涼宮はこっち」

慎二はてきぱきセルフタイマーを設定して、丘の木の下に４人が並んだ。

「きっと……いい思い出になるよ」

すぐそばで、遙はとても嬉しそうだ。孝之は、こっそりその背中に触れて言った。

「思い出か。けど、オレたちが、４人で写真を撮るのは初めてだろ？　むしろ、ここからがスタートだって思ったほうが、やる気も出るよ」

「そっか。そうだね。じゃあ、今日は仲間記念日……」

「仲間記念日？」

慎二と速瀬が、遙のことばに同時につっこむ。

「うん。あのね、この前……もがッ」

孝之は遙の口を塞《ふさ》いだ。いくら仲間でも、知られたら一生冷やかされる。

「ははは、さあ撮ろうぜ。大切な青春の1ページだからな」

孝之はごまかし笑いを浮かべて慎二にふった。

「はいはい思春期」

「なんか言ったかデブジュー」

「ぐ……お前、まだそれを覚えてたのか……」

パシャ、とそこでシャッターが切られた。遙と速瀬は楽しそうだったが、孝之と慎二は、果たしてうまく写っただろうか？


「ごめんな。今日は、本当に。心配したろ？」

帰り道で遙を送りながらやっとふたりになって、孝之は改めてあやまった。

「……うん。でも、もういいの。お祭りよりも、水月のほうが……大事だもん。私でも、同じことしたと思う」

「遙」

「あのね。友達を大切にできない人は、誰も大切にできないんだって。そしてね……友達を大切にされたことを喜べない人は、何も喜べないんだって」

「そうなんだ……」

神妙に聞く孝之に、遙は、あはっと照れて笑った。

「絵本のね、受け売りなんだけど。でも、絵本って子ども向きなぶん、純粋なんだよ」

孝之には、いまでもその絵本を愛する遙こそ、本当に純粋な存在に思えた。

「だけど、それで遙が2番目になるのは……正直、辛《つら》いだろ？」

辛いと答えが返ってきても、どうすることもできないくせに。あえて訊くのは、孝之の甘えかもしれない。

何も言わず、遙は立ち止まって夜空を見上げた。

やがて孝之を振り返り、胸のあたりで手をかざすと、

「ねえ！　手、出して！」

「ん……？」

言われるまま、孝之も遙にならう。遙は自分の手と孝之の手をあわせると、そっと指を絡めて、それから言った。

——夜空に星が瞬くように、溶けたこころは離れない
たとえこの手が離れても　ふたりがそれを忘れぬかぎり……

「……おまじない、かな。一度かよいあった心は、空に星が瞬くのと同じくらい当然に、きっと離れることはない」

「それを、オレたちが忘れてしまわないかぎり？」

「うん。私はそのことを忘れない。だから……孝之君、順番なんか、気にすることないの」

遙はわかってくれている。信じてる。孝之が、遙のことをいつも考えていると。

だから、孝之はそんな遙を信じればいい。

孝之は、いっぽうの手の指を絡めたままで、遙のもういっぽうの手をとった。そして、同じように指を絡めて、遙に顔を近づける。遙はそっと目を閉じた。

初めてのとき、ふたりの唇は震えていた。でもいまは、お互いを信じているから大丈夫だ。２度めのキスも、初めてと同じくらいに、幸せだった。

第4章　そして、その日

「遙。ここなんだけどさ……どうも毎回、ひっかかるんだよ」

「あっ。そこはね、公式をあてはめる前に、まずこうして……」

「……ははあ……なるほどね……そういうことか」

短いやりとりのあとは、また沈黙。

部屋には、カリカリとふたりが筆記用具を走らせる音だけが聞こえている。

孝之は、夏休み明けの実力テストに向けて、さらにスパートをかける決意をした。だが、ひとりでは遅れを取り戻すにも限界があるし、部屋ではついつい気が散ってしまう。という話を電話でするうち、遙が、遠慮がちに提案した。

「よかったら……うちで、いっしょに勉強しない？　わからないところは、教えあえるし」

もちろん、彼女の家に行くことには、孝之もおおいに緊張した。緊張のほかにもいろいろあった。けれど、いまは何よりも、遙と同じ大学へ合格することが優先だからと、孝之は自分に言い聞かせ、この状況に至っている。

「うーん……」

「あ。この問題はクセがあるよね。えっとね、たしか……」

教えあう、というよりも、ほとんど遙に教わっているのは、現実とはいえ情けないが。

孝之は、遙がスラスラと解いていくノートを覗《のぞ》き込んだ。

そこへ、カチリとわずかな音がする。孝之はすかさず頭をあげた。閉めていたはずの部屋のドアに隙間《すきま》。そして、目があう。

「こら」

孝之が睨《にら》むとドアがあっさり開いて、茜がちょこんと身をのぞかせた。

「なあんだ、つまんないのー。すんごい静かだからさ、いい雰囲気になってるかと思ったんだけどなあ……」

「何言ってるの茜。勉強してるんだから、じゃましないの」

「お兄ちゃん、せっかくお姉ちゃんとふたりなのに何してるの？」

「お兄ちゃん？」

「だって、お姉ちゃん、鳴海さんと結婚するんでしょ？」

「え……!?」

遙は真っ赤になって手からシャーペンをぽろりと落とし、孝之は飲みかけの麦茶を吹きそうになった。

「それに『鳴海』って言いにくい変な名前だしさ。だったら『お兄ちゃん』でいいよね」

「言いにくい変な名前で悪かったな」

「私、お兄ちゃんほしかったんだ」

茜は孝之の台詞を無視して自分の話だけを進めて笑った。相変わらず速瀬を思わせる生意気なやつだが、お兄ちゃん、と呼ばれる気分はなかなかに悪くない。

「ま、私のお兄ちゃんにしては点数はいまいちだけど、大目にみてあげるね」

「あかねっ！」

遙が茜を叱《しか》ったが、顔がまだ赤いのでまるで怖くない。

「じゃあねー。お兄ちゃん、ちょっとはいい雰囲気になるようにがんばってね」

茜はすっかり姉とその彼氏で遊ぶモードで、クスクス笑って逃げていった。

「……もう。ごめんね、ホント変な妹で」

「ははは……まあ、あの年頃《としごろ》はそういうことに興味があるころだから……」

孝之は笑ってごまかしたが、内心では、ほんの少しだけ、茜の言う「いい雰囲気」を意識していた。いかんいかん。勉強に集中しなくては。


「……ふう」

「少し、休憩する？　90分おきくらいに休憩入れたほうが、長続きするよ」

「ん。じゃあそうしようか」

孝之は立ち上がって伸びをした。寝転がりたいが、ここでそれはできない。

「ちょっと待ってて。孝之君は、コーヒーでいい？」

「いいよ。ありがとう」

うなずいて、遙は1階のキッチンへ下りていった。孝之は、ひとりでそっと周囲を見回した。遙と同じ匂《にお》いがする、遙の部屋。でかい家にふさわしく、広くて、カーテンもベッドカバーも甘いピンクで、床にはお約束のぬいぐるみ。最新式のコンポやカラーのパソコンのモニターも置かれているが、全体に、懐かしい女の子らしさにあふれた部屋だ。

本棚や机は、落ち着きのある焦げ茶色。やはりいくつも絵本の背表紙が並んでいる中、2冊だけ、表紙を前にして飾られていた。「1億万回死んだイヌ」と「栗《くり》と倉」。

「いまね、下に行ったら、お母さんと……あ」

そこへ遙が入ってきて、孝之が絵本を見ているのに気づいた。飲み物がのったトレイを置いて、孝之の隣に並んで立った。

「遙、この本……」

「うん。前に、孝之君が好きだって言ってくれた、本だから」

まだ孝之が遙の気持ちを知らなかったころ、ふたりが、少しだけ親しく話をしたきっかけ。小さなことを、遙は大切に覚えていて、この本を特別にして並べてる。嬉《うれ》しくなって、孝之はそっと遙の肩に手をおいた。息づかいが聞こえるほど、顔が近づく。キスしたい。ダメかな。ダメだろうな、今日は勉強に来たんだから。

「あ。ところで、遙さっき何か言いかけてなかった？　お母さんがどうとかって」

孝之は自分を抑えて話を変えた。

「うん……いま、1階にメモが置いてあって、お母さんと茜は、夕方まで買い物に出かけますって。だから、お茶とかおやつは自分でしてねって」

「そう」

ということは……お父さん（大学教授だそうだ。すげえ）は当然仕事でいないから、いまオレは、遥と、部屋にふたりきり……。

ドキンとした。さっき無理やり飲み込んだ何かが、孝之の中にまたこみあげてくる。

――お兄ちゃん、いい雰囲気になるようにがんばってね。

茜の台詞がやけにクリアーによみがえった。違うだろ。お母さんと茜ちゃんは、オレたちが勉強していると思ったから、オレを信用して出かけたんだ。だから。

黙ったまま、ふたりの目があった。遥は少し困ったように笑った。ふたりきりを意識して固くなるのを、ほぐそうとしているに違いない。

「あ、そうだ。孝之君に、面白いもの見せてあげる」

遥はぱんと手を叩《たた》くと、孝之に背中を向けて引き出しを探った。少しかがむと、肩までの細い髪が左右に割れて、遥の白いうなじが見える。

「面白いものって？」

孝之は、ふらふらと遥の背後に立った。シャンプーのようで、それよりも甘く柔らかい、女の子独特の匂いがした。

「あのね……アルバム。まだ入学したばかりのころなの。水月もいるよ」

ピンクと薄紫の花柄の表紙をパラパラめくる。いまよりも、いくらか髪の短い速瀬と、はにかみながら笑っている遙。1年のころの、体育祭、文化祭。見ていくうちに孝之は自分の写真を見つけた。最近らしいが撮られた覚えはないものが多く、ほとんどはカメラを見ていない。

「あ。それはね、水月が撮ってくれたの……隠し撮りみたいなの、ばっかりだけど」

恥ずかしいのか、遙の声が小さくなった。うなじがほんのり赤く染まって、細い産毛がわずかに震えた。

だめだ。孝之は、背後からそっと遙を抱いた。戸惑いがちに振り向いた遙は、すぐにゆっくりと目を閉じた。きゃしゃな身体《からだ》が、孝之にそっと寄りそってくる。柔らかい、遙の胸の膨らみを感じた。孝之はかなり本気でクラクラした。


キスが、いつもより長くなる。ためらいながら、孝之は舌先で遙の唇に触れた。腕の中で遙がぴくんと震える。だが、差し出された舌を拒もうとはしない。舌先で、ゆっくりと唇の内側をなぞってみた。濡れた唇。何度か往復させながら、少しずつ、深く舌を入れていく。

「ん」

一瞬、遥が喉《のど》を鳴らして息をついた。こんなにずっとキスするのは初めてだから、苦しくなってきたのかもしれない。孝之は、舌を引いて唇に隙間をあけた。ちゅる、と濡れた唇が小さく音をたてる。

「んあ……」

遥が甘い声を漏らした。脳にくる、やばい甘い声。薄目をあけて、孝之は遥の表情を盗み見る。頬《ほお》が赤く、眉《まゆ》がせつなく寄せられて、睫毛《まつげ》が震えてる遥の顔。孝之は、また唇を重ねると、今度はすぐに舌を入れた。怯《おび》えたように奥で縮んだ遥の舌を誘うようにつつくと、遥は、ためらいがちに孝之の舌に舌を絡める。孝之の背中に汗が滲《にじ》んだ。あの遥が、かわいい唇を開いて、オレに、こんな、唾液《だえき》がまざるようなキスをさせてる。たまらなくなり、孝之は遥の背中を抱いた手で髪を撫《な》でながら、強弱をつけて唇を吸った。盗むように息をつきながら、遥は、何度も声をあげそうになっては喉で押さえようとする。ガマンしないで。もっと、遥の声を聞かせてほしい。孝之は、舌先を尖《とが》らせて、遥の唇の間を摩擦するように往復した。キスより先を、想像させる動きだ。

「ん……んぁ……ん、は、んッ、ん……」

はじめ遥は、されるままただ唇を許していたが、やがて、少しずつ舌が積極的になり、もっと、とねだるように孝之に身体を密着させた。意識して、そうしているかどうかはわからない。だが、遙が淫《みだ》らなキスに興奮しているのはたしかだった。孝之は、遙を抱いたまま、そっと、すぐそばのベッドに身体を倒した。

「あ」

ベッドに寝かされ、遙がそっと目をあける。うす茶色の潤んだ目が孝之を見上げた。ぼんやりした、少し不安そうな遙の視線に、孝之は、髪を撫でて優しくうなずいて答えた。

そして、ベッドに膝《ひざ》をつき、髪を撫でた手で首筋を撫で、きゃしゃな肩や鎖骨の線をなぞって、さらに下へ。柔らかな素材の服の下、わずかに固い、ブラのカップの感触。

「……」

服の上からそっと片手で触れられただけで、遙は、震えて身を固くした。自分を落ち着かせようとするように、細く、長い息を何度も吐いた。

「好きだ」

孝之は、遙の耳の近くで囁《ささや》いた。すると胸に触れたときよりも、遙は大きく反応した。背中を反らして、はあっと声にならない声をあげる。孝之は、両手で下からゆっくりと押しあげるように、遙の服を裾《すそ》からめくった。なめらかな遙の素肌が少しずつあらわれる。遙はじっとしているので、孝之は、胸の上まで服を持ち上げた。縁に小さなフリルのついた、白いブラと控えめな胸の谷間。ストラップは少しゆるんで浮いていた。孝之は、遙の背中に手を入れた。なんのためかはわかるはずだが、遙は、ずっと目を閉じたまま動かない。ただ、ピンクのベッドカバーをつかむ手がギュッと握られている。緊張と、恥ずかしさから逃げまいと懸命になっているようだった。だから気づかれなかったと思うが、孝之の指も、背中のホックを外すときには震えていた。遙の胸をじかに見られる。触れる。そして、たぶん……遙の乳首を口に含む自分と吸われる遙の姿を想像し、孝之の中心が熱くなった。ジーパンの中で、痛いくらいに股間《こかん》が固くなっている。

「あっ」

　遙の背中がまたぴくんとした。ホックが外れ、ブラが浮いて胸がわずかに震えると同時に、孝之は、乳房を両手で包んでいた。思った以上にふわふわで、丸みと高さのある遙の乳房。きれいに丸い乳輪の中心に、上を向きかかっているピンクの乳首。よく見ると、ちょうど乳房のところだけ、周囲の肌よりも少し白い。きっと、この間プールへ行ったときの日焼けの名残《なごり》だ。孝之は少しずつ手に力を入れながら、遙の乳房を揉《も》んでみた。手の中で、乳房は簡単にくにゃりとへこむが、すぐに孝之の手を押し返してくる。もう一度。弄《もてあそ》ぶように何度も両手で乳房を揉んだ。そのたびに、遙はぴくんぴくんと背中を震わせ、目をきつく閉じて唇を噛《か》んだ。頬が赤い。指の間に乳首を挟むと、ツンと外向きに勃起《ぼっき》した。かわいくて、おとなしくてまじめな遙が、男の手で乳首をいじられて固くしてる。オレの手だ。オレが、遙のオッパイを見て、乳首に触って興奮させてる。

「ッあ!?……あ、あッ……んんッ……」

固い乳首に、孝之はむしゃぶりつくように吸いついた。チュッチュッと何度もリズムをつけて吸いながら、舌で、ころころと乳首を丸める。オレのものだ。この胸は、ふたつともオレのもの。揉みながら、何かを吸い出すようにしてやると、そのたびに、遙がアンと甘く啼《な》いた。気持ちいいんだ。孝之も、どんどんたかまる自分を感じた。

「う、あ……た……たかゆ、きくん……」

甘い息のようにかすれた声で、遙が、眉を寄せて孝之を呼んだ。

「た、あっ、ちょっ……と、いたい……」

「あっ」

頭のてっぺんからざあっと冷えて、孝之は震えるほど動揺した。

「あっ、ごめん……ごめんね、ごめん、遙」

興奮しすぎて突っ走っていた自分が恥ずかしく、腹立たしい。どうしよう。遙に、痛い思いをさせて。

すると、遙はそっと目を開けて、孝之の頬に指先で触れた。潤んだ目が、優しく孝之を見上げている。

「だいじょうぶ……ちょっと、いたかっただけだから」

ね、とぎこちなく遙が笑おうとした。孝之は、泣きそうに遙が愛《いと》しくなって、ぴったりと遙に身体を重ねて抱きしめた。このまましたい、遙をすべて手に入れたいと、男としての本能が訴えてくる。でもそれは、遙にとっては辛《つら》いこと、いまよりずっと痛いことに違いない。オレには、そんなことはできないよ。

「孝之君」

身体を重ねたままで遙が言う。息づかいや声が胸に響いた。

「いいの……私、大丈夫だよ……私……おねがい……」

はっきりと遙の声が震えて、大きな目に、きれいな透明な雫《しずく》が浮いた。目を閉じると、雫は頬を伝って落ちる。震える声で、小さく、だがはっきりと遙は言った。

――私を……孝之君のものにして……。

「はるか」

孝之の中に、欲望とは違う何かが生まれ、温かく全身に広がっていった。

「好きだよ。遙。好きだ」

「……うん」

きゃしゃな腕が、孝之の背中にまわされた。孝之は、片手で遙の髪を撫でてやりながら、もう片方の手を下ろして、遙のスカートの裾に差し込む。膝から、太腿《ふともも》を伝う手が、やがて、奥のあたたかな部分に触れた。

「あ」

遙はそれまでにないほど大きく震え、腰をモジモジ動かした。

「いや？」

遙は小さく首を横に振った。それが精一杯に違いない。孝之も、指先がそっとあたるだけで、もう心臓がバクバクしている。やわらかい三角形の丘全体を、手のひらで包むように触れてみた。中指が、ちょうど中心の奥へ落ちる形になる。そのまま指を上下にそっと動かしてみた。あの部分を、ゆっくりとなぞるように。

「う」

遙は全身を固くしたが、逃げようとはしない。孝之は、もう少し指に力を込めて、何度も、そこを往復してみた。本当は、近くで見たくてたまらないが、それは遙には辛いだろう。想像だけは許してもらって、指を伝わる感触から、割れ目の中に食い込んでいく遙のショーツを思い浮かべた。頭の後ろが熱くなった。指をすべらせ、ショーツと、素肌の間に挟む。下に向かって丸めるように、腰から、太腿へとショーツを抜いた。

「……う……う……」

「遙……」

「……う……あ、ッ……う……」

気持ちの中では受け入れていても、やはり怖いし、恥ずかしいのだろう。それでも、きっとありったけの勇気を集め、遙は、孝之にそれを許そうとしているのだ。孝之は、ことばにならない神聖な誓いのようなものを感じながら、遙の、控えめな茂みに触れた。

「……ああ」

開いたままの唇から、遙の舌と小さな白い歯が見える。きつく拒まれることも予想したが、思いのほか、茂みの奥はつるりと柔らかく割れて、孝之の指をぴったりと挟んだ。

あたたかく、熱い遙のあそこ。挟まれた指を少し深くして、指先に触れる部分をかるくつついてみる。遙の膝が大きく揺れた。開いていた唇をキュッと噛み、手が孝之の肩にしがみついた。もう一度、指でそこを押してから、かるくなぞって動かしてみる。

「あッ！　……う……ッ、く……ん……」

遙は何かをガマンするように、さらに孝之にしがみつく。孝之が触れる少し下から、じんわりと温かいものが滲んで指を濡らした。遙は、あそこをいじられて感じてる。

「遙……声、聞かせて？」

ガマンしてるのは、甘い声だ。孝之は、濡れた指を何度も動かした。

「……や……い、やあっ……あ、ん……あん……」

いやいやと首を振りながら、少しずつ解放されていくように、遙の声が高くなる。その声を聞くのがまた気持ちよくて、もっと声をねだるように割れ目をいじる。小柄で細身で、見た目はどちらかといえば幼い遙が、ここを男に刺激されると、こんないけない、女っぽい声を出すなんて。もちろん、オレ以外の誰《だれ》にも聞かせない。遙は、全部オレだけのものだ。遙も、オレのものになることを、望んでいる。だから……。

「中に……入れてもいいか？」

遙はわずかに不安そうに眉を下げ、枕《まくら》に顔を半分伏せてうなずいた。

孝之は、ゆっくりと身体を起こし、自分のジーパンの前を緩めた。中のものはすでにすっかり固く大きく、先端は欲望の解放を求めて膨らんでいた。これが、これから遙の中に入るのか……。

遙は孝之のものを見ていない。両手で左右の目を覆っている。男のものを見るのも恥ずかしいのだろう。孝之は、遙の膝に手を置いて、横に開くようにうながした。

「……あ……」

「大丈夫だよ」

ためらいながら開きかけた膝を、孝之が手伝っていっぱいに広げる。薄い茂みの中心に、濃いめのピンクの秘められた部分。小さく薄い縦の唇が、孝之の目の前にさらされた。てっぺんのあたりが少し膨れて、中心はすっかり濡れている。顔は隠しているけれど、遙はいま、女の子の恥ずかしいところをすべてさらして、孝之に身体を開いて震えていた。

孝之は、そこに自分の先端をあてがった。

「いくよ……」

腰を進める。遙の狭い入口を、孝之のものが押し広げる感触。

「……んッ……っ……あ……あっ……い……！」

叫びかけた声を、遙が必死で飲み込んだ。痛いのだ。

さっきまでの、気持ちよさそうな声とは違う。歪《ゆが》めた顔も、辛そうだった。

「……だ、大丈夫……だいじょうぶ……」

息を吐き、遙は何度も繰り返した。それが孝之に答えているのか、自分に言い聞かせているのかは、わからない。でも、大丈夫じゃないのを耐えているのはわかる。

孝之は、もう少しだけ奥まで入れてみようとした。

「……んんッ……」

遙はまたきつく眉を寄せ、辛そうな声を押し殺した。

孝之は、ふっとため息をつき、遙の上から身体を離した。

「孝之……君？」

「ごめんな。痛かったろ？」

「え？　どうして……？」

遙は不安そうに孝之を見る。自分の態度が――あるいは身体が良くなくて、孝之を醒《さ》めさせてしまったか、不快にしたかと、動揺しているに違いない。たしかに正

ない。

直、苦痛に耐える遙が痛々しくて、孝之の欲望は萎《な》えていた。だが、それは遙のせいでは
　孝之は、遙を安心させようと、髪を撫でて遙を優しく抱いた。

「遙。無理することないよ。ゆっくり……少しずつ、時間をかけて慣れていこう」

「孝之君」

「オレたちは、ずっといっしょにいるんだから。焦る必要はないじゃないか」

　10年でも20年でも、ずっと、ずっと……いままでに何度も「ずっと」ということばをつかってきた。でも、それに「永遠」の意味を感じたのは初めてだった。

　開いたままの遙の目から、涙がぽろぽろといくつも零《こぼ》れる。

「ご、ごめんなさい……私……嬉しくて……幸せで……どうしようもなくて……」

「オレも同じだよ」

　孝之は、もう一度遙を抱き寄せて、涙に濡れた睫毛のすぐ上にキスをした。


　それから、孝之と遙は昔のアルバムを見た。部屋の絵本も見せてもらって、以前に遙がポスターを見ていた、絵本作家展へ行く約束もした。そのあとまた集中して勉強して、気がつくと、窓の外は日暮れからもう夜になりかかっていた。

「そろそろ、おいとましたほうがいいかな」

「なら、近くまでいっしょに行くね。文房具屋さんに用もあるし」

荷物を片づけ、遙の部屋を出てみると、家の中はすっかり夕食のいい匂いになっていた。

出かけていた遙のお母さんと茜は、とっくに帰宅していたらしい。

「おじゃましました」

支度のじゃまをしては悪いと、孝之は、リビングの奥のキッチンに声だけかけた。すると、奥から遙のお母さんが出てきて、

「あらあら、どうしたの？　ちょうどいま夕ご飯が出来たところなのに」

「まさか、食べないで帰るんじゃないよね？　お母さん、お兄ちゃんのぶんも張り切ってお買い物して、用意したんだよ？」

リビングから、茜もちょこんと顔をのぞかせる。

「や……その……」

そこへ、玄関の開く音がして「ただいま」と落ち着いた男の声がした。

「あ、お父さん！　おかえりなさい～。あのね、今日は噂《うわさ》の鳴海さんが来てるよ！」

茜がはしゃいで走っていく。ついにきた。大学教授の、遙のお父さん。

孝之はもう逃れられないと腹をくくった。

「そうか……遙に、鳴海君みたいなお友達がね……」

「茜のことも、ずいぶんかわいがってくれてるみたいなんですよ」

うんうんと、お父さんは目を細くしてうなずいている。孝之は、恐縮しまくりつつも、久しぶりの手料理、家庭料理に感激して、すすめられるままに食べていた。

大学教授だというから、重々しい人物のように思っていたが、お父さんは気さくでおおらかな人のようだった。お母さんは、おっとりしてどこかとぼけたかわいらしさのある女性で、いかにも、遙の両親といったふたりだ。

「遙は、小さいころは身体が弱くて、そのせいか、引っ込み思案な娘に育ってしまってね。茜は逆に、活発すぎるくらいなんだが」

「ホント、誰に似たんだろうね。家族で私だけこんなで……あはは」

少なくともその素質を引き出したのは、家族以外の誰かじゃないかと孝之は思うが、口にせず、黙ってポテトサラダを口に入れた。タマゴやレタスのたくさん入ったしゃれた見た目のサラダだが、惣菜屋《そうざいや》で売っている物と違って酸っぱくない。肉料理もうまいし、皿の下にはきれいななんとかマットも敷かれて、家族はにぎやかに談笑する、涼宮家はドラマに出てくるような食卓だった。

「でも遙は、白陵柊に入ってから変わったよ。お友達の、なんといったかな彼女は」

「速瀬さんですよ、お父さん」

「そうか。彼女が友達になってくれたのがよかったのかな」

「いいに決まってるじゃない、水月先輩だよ？」

「うん……それに、鳴海君。君と親しくしてもらってから、遙は、本当に明るくなってね。まあ、いまのうちから結婚しろとは言わないが……君が隣にいてくれる間だけでも、大切にしてやってくれないかな」

「……」

すみません。そのお嬢さんにオレはその。いや、絶対に大切にします。孝之は神妙にうなずいて、遙は、お父さん、と隣で照れくさそうに小さくなった。

「大丈夫だよ、鳴海さんはお姉ちゃんと結婚するよ！　だからお兄ちゃんなんだもん」

「ははは、まあ若いうちはいろいろあるからね。男なんてそんなもんだろう、鳴海君？」

「は、はあ……」

そんな話題、遙の前でこっちにふらないでくださいよお。

「でもね。鳴海君、男に必要なのは結局は、目標を見定

める目と、がんばろうという向上心だ。教師の私が言うのはなんだが、学歴や地位なんかはどうでもいい。いや、目の前にいるのが男の子だと、やっぱり話題も違うねえ」

お父さんはビールで少し赤い顔をしていた。家族の中で男は自分ひとりだから、日頃は言えないこともあるんだろう。それにしても、本当にいいお父さんだ。普通は、娘の彼氏には、もっと厳しいだろうとばかり思っていた。

「ごめんね……今日は、みんなで孝之君を引き留めちゃって」

結局、遙の家を出るころには、すっかり夜になってしまった。静かな道に、遙のサンダルの足音が、小さくカタカタと聞こえている。

「いや。お父さんと話すの、楽しかったよ。それだけじゃなく、今日は本当にいい1日だった――いろいろと」

「……」

立ち止まり、遙は孝之を振り向いて、胸にかざすように手を出した。孝之は、遙の言いたいことを感じて、その手をとって指を絡めた。

「星が……なんだっけ？」

「恥ずかしいから、言わなくてもいいよぉ」

「オレたちの間で、もう恥ずかしいことなんてないだろ……」

わざと声を低くして意地悪すると、遙はかあっと真っ赤になった。

「ごめんごめん。冗談だよ。ほら、教えてくれよ。頼むから」

「もう……じゃあ……いい？」

気を取り直して、ふたたび指を絡めてふたりは見つめ合う。

――夜空に星が瞬くように、溶けたこころは離れない
たとえこの手が離れても　ふたりがそれを忘れぬかぎり……

それはもう、子どものおまじないではなく、永遠の誓いのことばとなって、孝之の胸に刻み込まれた。遙もまた、同じ気持ちだったに違いない。

別れ際に暗がりでそっとキスして、唇を離して手を振ったとき、遙の唇が7回動いた。

ア・イ・シ・テ・イ・マ・ス。


絵本作家展へ行くのは、8月27日に決まった。たぶん、夏休みに遙と会える最後の日だ。あとはひたすら勉強勉強、休み明けにはさらにハードな日々が続くに違いない。

だからこの日は、遙とゆっくり楽しもう。絵本のことはよくわからないけど、遙にいろいろ教えてもらおう。でも、遙が目をキラキラさせて絵本に夢中になるのを見たら、オレ

は遙ばっかりに夢中になって、話は耳に入らないかな。くくく、バカだねこの男は！

孝之は勉強の合間にあれこれと想像してはニヤニヤした。


当日は朝から蒸し暑かった。真夏と違う、残暑独特のヘビーな暑さだ。孝之は遙との待ち合わせよりも早く家を出て、欅町で慎二と会っていた。

「わざわざ悪いな。ほい、これ」

慎二は孝之に封筒を渡した。夏祭りの日に、4人で撮った写真を渡しておきたいからと、慎二が孝之を呼び出したのだ。

「いや、いいよ。お前こそ、ずいぶん忙しいみたいだな」

慎二はすでに朝から晩まで予備校で、出歩く時間も足りないという。いまも慎二の休み時間に、予備校のロビーで待ち合わせだ。手にした封筒は3通あった。

「ひとつは、速瀬に渡してくれよ。あいつはギリギリまで部活で学校に来てるだろ？　お前は学校の近所だから、ついでがあったらでいいからさ。頼む」

相変わらず、きちょうめんなわりに人づかいの荒い男だな。孝之は、内心苦笑しながら封筒を開けた。

「おお。けっこうちゃんと写ってるじゃん」

「だろ？　暗かったし、あの状況でこれだけ撮れているのはかなり奇跡だ」

　顔と顔とがくっついて、ちょっとおかしな表情をした、やたら楽しそうな４人の顔。まさに青春の１ページだ。見ていると、せつないような照れくさいような気持ちで少々背中がかゆくなる。だが、遙はきっと素直に喜ぶだろう。

「じゃ、そろそろ次の授業だから。お前も、デートがんばれよ」

「おう、オレはやるぜ！　ちなみに勉強もこっそりがんばってるからな」

「あはは。じゃあな！」

　慎二と別れて駅前に出たが、遙との約束にはまだ時間があった。待ち合わせは柊町の駅前だが、電話してここの欅町にしてもらおうかな……ああ、急《せ》かすのも悪いか。

　とりあえず、しばらくぶらぶらすることにして、孝之は目についた本屋へ足を向けた。

　今日の行く先を想像して何気なく絵本のコーナーを見ると、なんと、あの「マヤウルのおくりもの」が棚に置いてある。

　おおおおお！　やった！　やったぜ！　まさに埋もれていた財宝！　今日のデートは写真とこの本で遙にダブルプレゼントだあ！

　孝之は本を手にしてレジへ走った。店員が、満面の笑みを隠せない孝之を不審そうに見たがどうでもいい。店を出て、本を両手に持ち上げながらうっかり万歳してしまった。

「孝之！　何してんの？」

ふいに後ろから声をかけられ、振り向くと、よく知った顔がきょとんと立っていた。

「あれ⁉　速瀬か。偶然だな。ちょうどいいや、オレいま、慎二と会ってたんだよ」

孝之は、慎二に呼ばれた事情を話して速瀬に写真を渡した。

「うわー！　何これぇ！　私、押されて変な顔してない」

「慎二も相当かわいそうな顔してるけどな」

「うん……ま、いいわ。ありがとう」

バッグに写真をしまう前に、速瀬は、もう一度それを眺めて笑った。

「ところで、孝之はこれからデート？」

「ああ。絵本作家展」

「そっか。遙、前からそれに行きたがってたよ。よかったね」

速瀬は笑顔でうなずいたが、なんとなく、笑顔に陰があるような気がした。

「お前は、これからどっか行くのか？」

「私は、いまから帰るとこ。今日、例の彼と会って……はっきり断ってきた」

「……ああ……それで、お前元気がなかったのか？」

「へ？　私はいつもどおりだよ？　そりゃ、彼に対しては罪悪感あるけど……でも、気持ちはとっくに、ふっきれてるから」

孝之は、少しだけあの肩幅の男に同情した。速瀬はすっきりしたかもしれないが、相手にしたら、一度はうまくいきかけただけに、傷ついただろうな。

速瀬はふっと息をつき、ポニーテールを揺らして空を見上げた。横顔に、やっぱりどこか陰がある。孝之を落ち着かなくさせるあの顔だ。口で言うほど、速瀬もふっきれてないのかな。それとも……。

「何よ、そんな辛気くさい顔しないでよ。今日は、なんの日か知ってるの？」

「しらん」

「私の誕生日よ、たんじょうび！　だからほら、明るくお祝いしてちょうだい」

「じゃ。はやせさんおたんじょうびおめでとお」

「はい。ありがとお」

孝之が棒読みの台詞で手を広げたままぱちぱち叩くと、速瀬も身体をまっすぐ45度に傾けて返した。ダウン系のボケに同じボケでくるとはさすが速瀬だ。

「ねえ」

顔をあげ、速瀬は一瞬また遠くを見て、それから、少しずつ孝之に視線を向ける。

「遙と会う前にさ……私に、プレゼント買ってみる気、ない？」

「はあ⁉」

「あ、あれでいいよ。駅前の露店」

「あれでいいって、お前なあ……おい、強引に腕を引っ張るな！」

そのくらい、別れる前に彼氏に買ってもらえばよかっただろうが！　ったく、オレを陥れる知恵は殺人的なくせに、なんでその程度の悪知恵がはたらかないんだよ。

「えっとね……これがいいなっ」

「却下。値段見てみろ」

3000円。しかも、速瀬が指したのは、銀の指輪だ。孝之は、遙にすら指輪は贈っていないのに。

「じゃあ、これでいい」

「却下」

「えー。なんでよー。値段、さっきの半額だよ？」

……だから、半額でもなんで指輪なんだよ。という、孝之の気持ちは表情ですぐ読めたらしい。速瀬はかるく肩をすくめた。

「やっぱ……リングはダメか……」

ドキッとした。速瀬が、一瞬ものすごく寂しそうな顔をしたように見えたからだ。

「あ。おい、他のなら……」

「ううん。いい。ごめんね、冗談だったんだ、プレゼントなんて」

嘘《うそ》つくなよ。冗談じゃないんだろ？　そうだな、せっかくの誕生日なのに彼氏と別れて、ブルーな思い出だけ残したいヤツなんかいないよな。うん。よし！

「待てよ。これどうよ？」

孝之は、黒いびろうどの上に並べられた指輪の中から、細身にシンプルなデザインの、つや消しの銀を取り上げた。この中では、たぶんこれが速瀬に一番よく似合う。

「え？　だってこれ、4000円……」

「気に入ったかどうか訊《き》いてんだよ。どうだ？」

「……うん」

速瀬は、呆然《ぼうぜん》としたようにうなずいた。孝之はそのまま指輪を買って、包装もなしで速瀬に渡した。

「ほら。誕生日プレゼント」

「……」

「どうした？」

「ううん。ありがと」

速瀬はわずかに頬を染め、指輪を右手の薬指にはめた。が、利き手のためか、右手には少しきついらしい。一度はずして左手にはめると、薬指に、それはぴったりおさまった。

光にかざして、速瀬はシルバーのリングを見ている。まぶしそうな、嬉しそうな横顔を見て、孝之もほっと安心した。

「オレの誕生日には、絶対会いに行くからな」

「……うふふ。はいはい」

速瀬はスキップするように2、3歩跳ねた。いつもなら、女の子らしい速瀬をからかうところだが、今日は、誕生日だというのでやめておく。

「それはそうと、孝之、時間大丈夫？」

「えっ……しまった！」

はっと腕時計に目をやって、孝之は頭をかかえて大声を出した。やばいやばいやばい。いまからじゃ、絶対に遅刻だ！

「待ち合わせどこなの？」

「柊町。オレ行くわ。じゃあな！」

「うん……あ、孝之」

「なんだっ？」

走りながら孝之は首だけ速瀬を振り返る。

「プレゼントありがとう。……ずっと、大切にするね」

「おう！」


おせえよ、トロトロ走ってんじゃねえよ！

孝之はじれて何度も電車の中で膝を揺すった。いまからじゃ、たぶんきっかり15分の遅刻だ。遙は、絶対にもう来て待っている。暑いのに、駅前の日向《ひなた》でオレが来るはずの方向をじっと見つめて。ああ、しまったなあ。喫茶店か本屋で待ち合わせればよかった。駅についたら、まず謝って……絵本を見つけたって言ったら、少しは許してくれるかな。いや、言い訳はよくないか。第一、遙は絶対にオレに怒らないと思う。オレだったら、15分も暑い中待たされたら相当腹がたつだろうけど、遙は、怒るよりもきっとオレをすごく心配してる。1分、オレが遅れるたびに、遙の中に、不安や心配が積み重なるんだ。

あああー！

そうと知っててなぜ遅れたオレ！

ようやく電車が柊町の駅に到着し、ドアが開くと同時に孝之は猛然とダッシュした。3段飛ばしで階段を駆けおり、息を切らしながら改札を抜ける。

「うお！」

自動改札のチャイムが鳴って引っかかりかけたが、反応遅すぎとばかりに突破した。

駅前は、いつもどおり午後の日が照りつけて白くまぶしい。

すぐ見つかると思った遙がそこに見当たらなかった。人が——やけに、たくさんの人が駅前にたむろして、ざわついている。

なんだ？　何かの撮影か？

柊町駅

駅横の、街灯やら電話ボックスがメチャメチャになっていた。

目で追うと、備え付けのベンチがすっ飛んでいる。すぐそばの、看板もすっ飛ばして、壁に乗用車が激突していた。

おい……やばいんじゃないの、しゃれにならんぞ。

……運転してたやつ、大丈夫か？

孝之は、なぜか自分の思考が急に鈍くなるのを感じたが、どうすることもできなかった。のろのろと、吸い寄せられるように人の集まるところへ向かう孝之の耳に、野次馬の会話が流れてくる。

「うわ……助けるの……遅くない？」

「見えねえぞ？　女？」

なんの話だろう。

「待ち合わせでもしてたのかな……かわいそうに……」

救急車の、けたたましいサイレンの音。

「なんかもう……死んだみたいだよ」

「うそー……」

死んだって。

誰が？

誰……

「ウッ」

いきなり、息がつまるほどの心臓の動悸《どうき》に、孝之は、その場にうずくまってしまった。

なんだこれは。鈍い思考がそこで止まって、急速に、血液が逆流して全身が心臓になったように震えだし、身体中が爆発しそうに熱くなった。

——そうだ、遙は。

遙はどうした？

遙は？

遙はどこにいる？

遙は。

遙は。

遙は……!!

「ちょっとすいませんっ！」

気がつくと、孝之は人を人とも思わぬ力で、周囲の野次馬をかきわけていた。

「ってえな！」

怒鳴られても、振り返りもあやまりもする余裕がない。何か落とした。手に持っていた物——いい、知るか。

「すいません！」

みんなどけよ。どいてくれ。救急車が行っちまう前に……オレを……どいてくれぇ！

孝之がようやく現場を目にしたときは、すでに、救急車のドアは閉じていた。

サイレンを鳴らし、白い車は急速にその場から遠ざかっていく。

野次馬は、少しずつそこからいなくなった。

だが、遙はどこにもいない。

孝之は、心で呼びかけながら遙を捜した。絵本作家展へいっしょに行こうと、孝之を、ここで待っているはずの遙の姿。

駅前は、待ち合わせにはよく使われる場所だ。だから、誰か運のなかった人が、事故に巻き込まれちゃったんだよ。かわいそうだけど、死んじゃったんだ。

でも、遙じゃない。

遙はきっと、オレが遅いから、家に電話をかけようとしたんだ。それで、その間に車があそこに激突して、間一髪、助かってるんだよ。な？

びっくりして、どこかで泣いてるんだろ。大丈夫だよ、オレ来たから。遅れたけど……ちゃんと来たから。

出てこいよ。出てこないと、ごめんな、怖かったろって、オレ抱きしめてやれないだろ？

遙……ほら……出て来いって……。

野次馬はもうずいぶんその場からいなくなっていて、救急車のあとは、警察が来た。

孝之は、まだそこで遙を捜していた。コンクリートのタイルの上に、見覚えのある紙袋がある。拾い上げると、孝之が欅町で買った絵本だった。野次馬に踏まれたのだろう。袋は破れ、表紙には泥や靴あとがついている。なんだよ、せっかく見つけたのに。

だが、はさんでいた写真は無事らしい。よかった。今日は写真を渡すだけで、遙には許してもらうことにしよう。

それにしても……遙、遅いなあ……。

警官が、無線を使っていた。

何か布のバッグらしいものを手にとって、中を物色しながら話している。

「事故発生。14時15分ごろ」

ザーッと、無線のやりとり独特のこもった音。14時15分。ちょうど、孝之が駅に着いたころだ。

「えー。遺留品の身分証明書の写真にて本人と確認。被害者氏名」

え？

なんだよ？

いま、なんて言ったんだ？

警官は、職務を忠実に果たすべく簡潔に、事務的な口調で報告した。

「白陵大付属柊学園3年生。涼宮遙。涼しいに宮の涼宮遙」


——スズミヤ、ハルカ。

第5章　繰り返す夏

ん……。

誰《だれ》かいま、オレの名前を呼んだ?

ふと孝之は眠りから覚めたが、まだ意識はぼんやりと重かった。

外はまだ暗い。雨の音。隣からは、規則正しい安らかな寝息が聞こえている。

気のせいか、と孝之はもう一度タオルケットをかけ直して、ついでに隣にもかけてやった。夏場だから冷房を切ると眠れないが、うっかりすると逆に冷えてしまう。

目を閉じると、孝之はすぐにまた眠りに落ちていった。

雨の音に、遠く雷鳴も混じっている。

「——のサンデーショットー!」

次の目覚めは、耳障りなテレビのオープニングコールだった。っせーなー。日曜の朝からテレビつけてんじゃねえよ。オレはこれからバイトなんだから、1分でも多く寝てたいのに。孝之は不機嫌にベッドの上を転がると、枕《まくら》にボスンと顔を埋めた。

「あ。起きた?」

「んー」

声をかけられ顔をあげると、水月の後ろ頭が目に入った。孝之のことはそっちのけで、テーブルに肘《ひじ》をついてテレビを見ている。画面ではサンバイザーの男がクラブを振って、よりよく遠くへ飛ばすフォームがどうのと解説していた。

「なに、ゴルフ？　なんでお前そんな番組わざわざ見てんだ？」

「うちの課長が見とけって。今度、付き合わされそうなんだ」

「お前が？　打つの？」

「スポーツしてたって言ったらさ、じゃあやってみようよ速瀬君って、しつこいの。するんじゃなかったな、昔の話なんて」

ナイスショット！　アナウンサーは相変わらずのハイテンションで番組を進めているが、水月はもう、興味をなくした様子で孝之を見た。孝之は、寝そべったまま手を伸ばして、水月の髪を弄《もてあそ》ぶように撫《な》でてやる。少し伸びたな。といっても昔の超ロングのポニーテールに比べたら、伸びたうちにも入らないだろうが。

「ねえ……」

水月は上半身だけベッドに乗って、孝之の頬《ほお》や耳に触った。

「今度からさ、日曜にシフト入れるのやめようよ」

水月はＯＬ、正社員なので週末の休みは動かせない。孝之はフリーターなので、調整すれば休みはとれる。週末ずっと、ふたりでゆっくりしたい気持ちは孝之も同じだ。

「でも、いまの店もう長いからな。金がいいぶん、忙しい日は休みにくいよ。今度、店長も変わって人も新しく入れるらしいし」

バイト先は橘町にあるファミレスだ。休日はカップルや家族連れでずっと夜まで混雑する。孝之は、仕事は忙しいほうが好きだ。ひたすら店を回していくのは、ゲームに少し似て楽しい。他のことは何も考えなくてすむ。

「あとは、女の子の制服の魅力とか？」

「よくわかったな」

「相変わらずだもん」

ふん、と笑って孝之はもぞもぞ起きあがった。水月もいっしょに立ち上がり、コーヒーをマグに注いで孝之に渡した。孝之がいつも食べないと知っているので、朝食の用意はしていない。

「サンキュ」

孝之はほぼ一気にコーヒーを飲み終えると、歯を磨き、洗面してかるく指で髪を整える。あとはいつものシャツとジーパンに着替えれば、出かけるしたくは10分で終わり。

「じゃ、行ってくる。お前どうする？」

「んー……もう少し寝てよっかな」

「夜までいるなら、ケーキでも買ってくるけど」

「本当？　じゃあ待ってようかな。孝之が待ってろって言うなら待ってる」

「待ってろよ」

「うん！」

それから行ってらっしゃいのキスをひとつして、孝之は部屋の外に出た。

「あっつ……」

夜の雨は暗いうちにあがって、いまは青い空が見えるが蒸し暑い。額の汗をぬぐいながら駅へと向かう途中の道で、制服の女の子たちと擦れ違った。白いセーラー服の胸には大きなリボン。手にしているのは、白陵柊の水泳部のバッグだ。日曜も夏休みも関係なく、部活で泳いでいるのだろう。水月も、あのころはそうだったな……。

孝之の胸がほろ苦くなった。あの制服と、この夏の暑さは、否応なしに孝之の心を過ぎた日に引き戻そうとする。

——あの日から、もう3年もたっているのに。


レストラン「すかいてんぷる」は、駅から近い、広い街道に面した明るい店だ。店内は落ち着いたレトロ調の色合いで、ファミレスにしてはしゃれたつくり。食事メニューは豊富にあるが、オリジナルのケーキも評判がいい。と、どう見てもコンセプトは女性向けのはずなのに、なぜか常連客はほとんど野郎というのが、孝之としては誤算だった。

まあ、考えてみれば野郎客が多いのもしかたないのだが……。

「……っざいまーす！」

息を切らしながら裏から入って、制服に着替える。やばいぜ、今日から新しい店長が来てるのに遅刻だ。間に合う時間に出たはずなのに、電車が信号事故とはついてない。

しかも、走ってきたせいで汗がひかない。このまま接客に出るのは客にとっても自分にとっても良くないと思う。エアコンも裏は節電であまりきかせてないし、こうなったら、あそこでちょっと涼んでから行くか。

細い廊下の突き当たり、厨房《ちゅうぼう》の出入り口の向かいに冷凍室がある。食事メニューの多くはここで保存され、調理は最小限ですむようにできている。

重い扉を開けて中に入ると、別世界の冷気が孝之の身体《からだ》を一気に冷やした。

うう。さすがはマイナス22度、効くう……っていうかあっという間に効きすぎて寒いぜ。

ぶえっくしょん！

さあもう長居は無用だと出ようとすると、なぜか、扉が動かなかった。鍵《かぎ》はかかっていないのに、取っ手を回してもびくともしない。冗談じゃないぞ。出られなかったら、確実に死ぬ。真夏に凍死じゃ、スポーツ新聞に載る間抜けな事件だ。

「すいませーん！　誰かいませんかー！」

すでに寒さで声が震えた。孝之は、必死にドンドン扉を叩《たた》いた。すると、厚い扉の向こ

第5章　繰り返す夏

うから、かすかに笑い声が聞こえた。

「ふふっ、バカな男……」

――この声は……。

あいつかっ！　聞いたとたんに孝之の身体が放射熱を発した。入店以来、後輩のくせして孝之に数々の苦渋を飲ませている宿敵。

「おい大空寺《だいくうじ》、そこを動くな！　この程度でオレを葬れると思うなよ！」

「ふふ……」

妙に余裕の笑い声を振り切り、孝之は全身フルパワーを扉にぶつけた。

「うおおおお……どりゃーっ！」

気合い一発、弾《はじ》けたように扉が開いた。

「みぎゃ！」

同時に、猫が尻尾《しっぽ》を踏まれたような奇妙な悲鳴。見下ろすと、足もとにちっこくてふわふわしたピンク色の物体が転がっていた。

「あにすんじゃい、ぼけっ」

物体は生意気に孝之を睨《にら》んで毒づいたが、孝之は知らんふりでホールへ向かう。

「なんか聞こえたかな？　気のせいか。最近疲れてるみたいだな」

「待ちなさいよ！」

するとと物体はすっくと立ち上がり、意地の悪そうな笑みを浮かべた。

「店長に言いつけてやる。鳴海孝之、遅刻20分さぼり10分、くわえて同僚に暴力行為」

「……」

「最近、しぼられてるの見てなかったし……ふふ……久しぶりに楽しめそうね」

「その『ふふ』って無性に大人くせえ言い方やめろ」

見た目はまるで幼いくせに。ツインテールの明るい髪には大きなリボン、つり上がりぎみの猫目に小作りな鼻と口。ボディも小さく、ふわっと広がるスカートに続く脚は頼りなく見えるくらいに細い。「すかいてんぷる」に野郎を集める、コスプレふうの制服がこれ以上ないほどよく似合う。大空寺あゆはお人形のような少女だった――ただし、口さえきかなければ。

「無駄な口答えはやめてとっとと言いな。『大空寺さんすみません。どうか店長には黙っていてください』はい、どうぞ」

「う……」

「ほら言うてみい、うん？『ごめんなさい、私はあなたの下僕です』はい」

「……」

「さーて、店長はどこだったかしらねー」

「ぐう……ご、めんなさい……私は、あなたの、げぼ……って言うか！　この！」

　ぐにぐにぐにぐに。

　孝之は大空寺のほっぺをつまんで柔らかい皮膚を左右に気のすむまで引っ張った。

「あっ！　あにふんほよ」

「あいにくだったな。新しい店長が今日から来ることは、オレも知ってるんだ。お前らの時代はもう終わりだ」

　そう。つい昨日までこの店を仕切っていた人物は、個人的な、それも特殊な趣味で物事を決めていた。大空寺のような身長150センチ未満の童顔な女の子ばかりを採用し、すかいてんぷる自慢のフリルとリボンで甘く統一された制服姿を見て楽しんでいた。面倒な仕事はすべて野郎の店員に押しつけ、さからえば減給、悪ければクビ。時給の魅力を知った上での差別待遇。だが、その店長はもういない。今日からは平等が訪れるのだ。

「はなひなはいよ」

　ほっぺを広げてすっかり間抜け顔になっているくせに、大空寺はなお偉そうだった。

「ごめんなさい、もう意地悪や生意気はしません。はい、どうぞ」

「……むぐぅー」

「聞こえないなー」

「うがあああ」

「お前は獣か。ほれ、ほっぺがなくなってもいいのか？」

「……やや」

「しゃーないな……ていっ」

「あぎっ！」

孝之は、ぎりぎりまで引っ張ったほっぺをぐいっとつねって、ぱっと離した。

「この程度で勘弁してやるよ。いつまでもお前とじゃれてる場合じゃないしな」

「おぼえときなさいっ！」

赤くなったほっぺをさすりながら、大空寺は先に立ってホールへ走った。

「なんだ、逃げるのか？」

「誰が逃げるか、あほんだらっ！　お前なんて、猫のうんこ踏めっ！」

……やれやれ。ほんと、黙ってればかわいいのにな。どういう教育受けてきたんだか。

孝之は、走っていく大空寺の後ろを歩きながらため息をついた。

て、のんびりしてる場合じゃねえよ！　オレ、遅刻してたんだった！

開店前のミーティングは、バックステーションと呼ばれるカウンター付近で行われる。

「はじめまして。今日から店長をつとめます、崎山《さきやま》と申します。これまでずっと和食の世界で生きてきたので、不慣れな点もあるかと思いますが、よろしくお願いします」

新しい店長は、落ち着いた渋い中年の男性だった。

年下の孝之相手にも丁寧で、かえって恐縮してしまいそうだ。

「鳴海です。すいません、初日から遅刻して」

「先ほど、大空寺さんに呼びに行っていただいたのですが……」

「えっ。聞いてませんでした。すいません」

あやまりながら横目で大空寺を睨んだが、大空寺はそっぽを向いていた。

「いいえ、でもいいんですよ。ほんの30分ほどしか待たされてませんから」

「はあ……」

普通は、バイトが店長を待たせる30分を「ほんの」とは言わないと思うのだが。

「それに、私も1時間ほど遅れて入っていますし」

「えっ？」

「さて、鳴海君はこの店ではベテランだと聞きました。今日は、私だけでなく新しくバイトの女の子も入るので、その子の指導をお願いしたいのですが。よろしいですか？」

「……あ、はい。それはいいですよ」

「ありがとうございます」

崎山はまた丁寧にかしこまって頭をさげた。孝之も、はあと曖昧《あいまい》に首を傾げた。この店長、ひょっとして丁寧に見えて変わった人？　まあ、前の店長みたいな趣味でなければ、変わり者でもオレはいいけど……。

そこへ、奥から足音と声がした。

「すみません……制服の着方が難しくて……」

だろうな、と孝之はうなずいた。よく知らないが、ここの制服はデザインがかなり凝っているぶん、あっちこっちにボタンがあって、初心者が着るのは大変らしい。

「見えましたね。私と同様、今日からみなさんと働く玉野《たまの》さんです」

「ええっと、玉野まゆです。よろしくお願いします」

新人はだいぶ緊張しているらしく、焦りながらぺこんとお辞儀をした。

……いいけどね。

いいけどこの新人の身長は大空寺と同じくらい。黒髪おかっぱにつぶらな瞳《ひとみ》、白くぷにっとした質感の頬。まゆという名前の響きも柔らかい。大空寺が西洋人形系だとすると、この娘《こ》は日本人形だ。和風にメルヘンな制服もよく似合う。

だから、いいと思うのだが、釈然としない……。

玉野

孝之のかすかな不安を察知したのか、大空寺がにやりと笑って言った。

「今度の店長も、同じ趣味みたいね」

「……う」

偶然だ。そう信じたい。迫害の日々は終わりだと、平等な職場に生まれ変わると。

「いまのうちにあやまっちゃう？」

大空寺はさらに追撃してきた。

「何をだ？」

「おや。ずいぶん、偉くなったものね」

「お前は悪魔か」

「うん、よく言われるわ。羨《うらや》ましい？」

「……」

こいつ、絶対普通じゃねえよ。

孝之と大空寺のやりとりを、まゆは丸い目をさらに丸く見開いたまま、ふんふんとうなずいて聞いている。

「それでは、仕事にかかりましょう。鳴海君、玉野さんをお願いします」

崎山はまゆの背中をぽんと押し出すと、黙々と自分の仕事を始めた。頼まれた以上、孝之も、まゆに仕事を教えなければならない。店長、オレはあなたを信じていいんですよねと崎山の背中を見送って、孝之はまゆに話しかけた。

「ええっと、玉野さんだよね？　オレ鳴海です、よろしくね」

「はっ。お願いします」

まゆは武道の試合でもするかのように、きっちりと膝《ひざ》に手をおいて頭を下げた。

「大丈夫だよ、固くならなくても。それじゃあ、まずはテーブルナンバーでも覚えてもらおうかな」

「御意っ！」

「……は？」

ぎ、御意ですか？　なぜ、どうしてここで「御意」……。

すぐ横で、さすがの大空寺さえもポカンとしていた。こいつでも、驚くことがあるんだな。

「どうかなさいましたか？」

「いや、まあ。とりあえず、ナンバーを覚えよう」

孝之は心の中でこっそりため息をついた。店長といい新人といい、平和で平凡を願う孝之の思いは、当分かなえられそうもなかった。

家に帰ると、水月がおかえりとドアを開けてくれたので、孝之はほっとして水月に抱きついた。

「どうしたの」

「今日はバイト疲れた……主に精神的に」

電車事故から御意に至るまで、孝之は水月にみんな話した。

「――でさ、そのあとはランチ始まったから、新人には奥でシルバー拭かせたり灰皿代えさせたりしたんだけど、けっこうドジが多くてさ……」

「まあ、新人のうちは、しかたないけどね」

「わかってるよ」

孝之は水月に甘えて後ろからおぶさるように手を回すと、ちょうどいい位置にある乳房に触れた。そのまま揉《も》んで、感触を味わう。

「もう。何してるの」

「水月がいるなあって感じする。待っててくれてよかったなー」

疲れには女のオッパイが一番だ。柔らかく丸くて、揉まれるまま形を変えるのに、押し返すような弾力がある。触っていると癒《いや》されて、とくにある一点が元気になる。

「ふふ。よかったと思うなら、待ってたごほうびは？」

「ごほうび？」

「朝、言ったじゃない。ケーキ買ってくるって」

「あ！　しまった……ごめん」

孝之は水月の胸から手を離し、自分の頭をぺしっと叩いた。水月は拗《す》ねた顔でツンと唇を突き出した。

「なあんだー。せっかく、紅茶も買って待ってたのに。晩ご飯も作って、お風呂《ふろ》も沸かしておいたけど、私も忘れちゃえばよかったかな」

「う。ごめん。コンビニのケーキでよければ、いまから行くよ」

真剣になる孝之に、水月の表情がふっとほころぶ。

「なんて冗談。いいのよ。ね、お風呂入る？」

「ああ」

孝之は水月を抱き寄せた。うん、と水月が小さくうなずく。


バスタブの湯は入浴剤のグリーンできれいに染まっていい香りだ。

はじめ水月は、身体をタオルで覆っていた。どこもすみずみまで知っているはずの関係なのに、風呂で裸を見られるのはまだ恥ずかしいらしい。

「背中流してやるよ」

孝之はスポンジにボディシャンプーを泡立たせると、座る水月の背後に膝立ちになった。作りは古いが家賃のわりに広い風呂場に感謝しながら、丹念に背中を流していく。

「あはは。いい気持ちー」

「じゃ、立って」

背中から腰、脇腹《わきばら》、ヒップも撫でるように洗う。そして、泡だらけの手にもう一度シャンプーを直接つけて、そっと、両手を前に回した。

「あっ……」

ヌルヌルの手で、乳房を持ち上げるように撫でてやる。濡れて滑るが、いけないイタズラをしている感じは盛りあがる。チュルンと弾くように乳首をつまむと、水月はぴくんと肩をすくめてタオルを落とした。孝之は、左手で乳房を揉みながら、右手をそのまま下へやる。濡れたヘアをかきわけ、割れ目に指を差し込もうとした。

「や！　ん……石鹸《せっけん》、流してないとしみちゃうよ」

「そっか」

だったら、流せばOKなんだな。孝之はシャワーを勢いよくひねって、水月に絡む白い泡を丁寧に洗った。白い肌が湯気でほんのり赤く染まっていた。学生時代、泳いでばかりいたころは日焼けしているイメージだったが、もとはかなりの色白なのだ。なだらかな肩、キュッとしまった細いウエスト、貧弱すぎずでかすぎないヒップ。後ろからだと、腕の隙《すき》間《ま》に丸い一部が見えるだけの胸は、ツンと上を向いて高さがある。濡れた身体に雫《しずく》がいくつも粒になっていた。孝之は雫を指ですくって濡らすと、もう一度、水月の三角地帯の上に手を置いた。薄めのヘアは丘にはりつき、中心は簡単に割れて孝之の指を受け入れる。中は熱く、指で開くとチュッと粘膜が音をたてた。そこはすでにお湯でもシャンプーでもない独特のとろりとしたものを、割れ目全体に滲《にじ》ませている。感じているな。孝之は、頂上の小さな突起を指で探り当て、強弱をつけて押してやった。

「んッ……あ……あッ……」

押されるたびに、水月は甘い声をあげ、中からジクジク蜜《みつ》を漏らした。伸ばした膝が、カクンと折れる。

「孝之……私もう、立ってられない……」

「だめ。ガマンしろ」

孝之は突起をつついて刺激しながら、時折指を奥へ進めて内部に入れた。ギュッと締まる肉が嬉《うれ》しそうに孝之の指を味わおうとする。

「だって……ッああ……あんッ、あっ……」

水月が首を横に振った。密着している太腿《ふともも》が震える。快楽に負けて崩れそうになるのを、懸命にこらえているに違いない。たしかめると、乳首はもう乳輪から持ち上がってコリコリに固くなっていた。乳輪はベージュピンクでやや楕円形《だえんけい》、乳首は乳輪に対して少し大きめで、エッチが好きそうな三角形だ。

「あんんっ！」

それをつまみながらあそこをいじる指の動きを激しくする。

「ッ、だめ、だめだよぉ……ああん……」

水月はひっと息を吸い込み、泣くように声を掠《かす》れさせて首を振った。

「もういきそうか？」

「ウン」

「このまま、指でいかせてやろうか？」

「ああッ……あ、い、やッ……ああ……いや……」

割れ目を指で広げられ、もう固いクリトリスを露出させられて、水月はいまにも達しそうだったが、孝之のものに手を伸ばしてきた。

「……で……ね……？」

「オレのこれで、いっぱいして欲しいのか？」

「う、うん……」

「欲しいなら、素直に欲しいって言わないと」

「う……ほ、欲しいよ……」

「どこに、何が欲しいんだ？」

孝之は水月の耳を舐《な》めたり乳首をつまんでかわいがってやりながら、開いたそこを微妙に指で撫で回した。ほんのわずかな刺激なのに、水月はビクビクと尻を揺すった。

「ああんッ……や……うんッ……」

「ほら、言えよ」

「ッ……ん、そこ、そこに……孝之の、指が、入ってるところに、孝之の……を、入れて欲しいの……いやあ……」

「よくできました」

「あ、あああッ！」

孝之は、とどめのようにクリトリスの皮をむいて芯《しん》にじかに触れ、内部に奥深く指を入れた。

「ごほうびに、このまま指でいかせてやるよ。いっぺんイッたら、入れてやるから」

「あん、やだ……そんなの……ああ……！」

水月は抵抗しようとしたが、孝之が後ろからぴったりと身体をくっつけているので、逃げられない。

「ああ、もうすごく中が熱くて締めつけてくる。水月、オレの指が気持ちいいんだな」

「んく……くふうッ……ああ……」

「ほら、イッちゃいな。オレも早く、これを水月に入れたいから」

孝之は、水月の脚を少し開かせ、自分の固くなったものを挟んだ。そこはもう、尻の割れ目までヌルヌルで、入口あたりは充血して肉が厚みを増しているのを感じる。少し動くと、孝之のものも擦れて気持ちよかった。茎はたちまち蜜にまみれた。何度も擦って往復しながら、クリトリスを同じリズムで丸め、指で刺激する。

「ひ」

水月は身体を弓なりにして、大きく一度震えたと思うと、風呂中に響く声をあげ、孝之の胸の中で暴れた。

「だめッ！　いくっ！　いくの、私、指でいっちゃうのっ……！」

ああ、と脱力した息を吐き、水月は一気に孝之に体重をあずけてきた。挟んだままの孝之のものに、熱いものが大量に浴びせられた。

「気持ちよかった？」

「ウン」

まだぼんやりとうなずく水月の腰を抱えると、水月は素直に壁に手をつき、膝を開いて孝之にお尻を突き出すポーズをした。孝之は、無言のまま水月の入口に先端をあてがい、深く、ゆっくりと挿入する。

「うんッ……ん……」

先端が肉の壁を進むたび、水月は腰を揺すって反応した。全部入った。いつしても狭い。

スポーツをしていただけあって、締まりのほうも最高だ。

「動いていいか？」

「ん……あうッ……あ、くる、すごいくる……」

水月は手だけでなく上半身を壁にすがるようにぺったりとつけて、孝之の責めに耐えようとした。孝之は水月の身体を支え、ときどき乳首をつまんで刺激しながら、一気にのぼりつめようとして激しく動く。ああ、いい。あの先で、水月の内部を削りとるような、逆に削られているような、擦れる部分に血が集まる感じ。パンパンと、腰と尻を打ち付けあう音と、水月のあえぎ、孝之の漏らす息までが混じって、浴室は淫《みだ》らな空気でいっぱいだ。

「あ、んあ……た、かゆきぃ……」

水月の内部がキュウッと縮んだ。孝之の中にたまっているものを、絞り出して吐かせようとするように。だめだ、出る。

「水月」

孝之も水月の名前を呼んで、奥深いところですばやく動いた。あッと水月が背中を反らして、浴室の床に崩れかけた。イッたばかりで敏感になっているところへ入れられて、またすぐにクライマックスへ来たらしい。孝之は、水月が満足したのをたしかめてから、遠慮なく水月の身体を使って楽しみ、手の中で乳房をつよく揉みしだいてフィニッシュした。きれいな背中や濡れた髪に、孝之の放った白いものが散る。

ない。

「ああ……」

水月はうつろな瞳を閉じた。男のものが身体をつたう感触を、味わっているのかもしれ
　風呂のあとには水月の手料理で夕食を終え、テレビを見ながらくつろぐうちに夜中になった。

「孝之さ……引っ越しとか、考えてないの？」

いつものように、並んでベッドに寝ながら水月が話しかけてくる。

「は？　なんで？」

「もっとさ、近ければ、毎日来れるかなあと思ってさ」

「毎日か……」

「うちの会社、このごろやけに忙しくて。残業増えてきたんだよね。まあ、サービス残業じゃないからいいけど、そうすると、孝之と会う時間が減るじゃない」

「まあ、そうだよな」

「でしょ？　ね……いっそ、一緒に住んじゃおうか？」

「え」

たしかに、今日のように帰るといつも水月が迎えてくれる生活というのは悪くないが。

「けど、急いで引っ越さなくてもここでいいだろ」

「そこはほら、心機一転ってやつでさ」

「うーん……」

水月は孝之の肩に頭を乗せてすり寄ってきた。

「最近ね、お母さんうるさいんだ。そんなにしょっちゅう泊まりに行ってて、ちゃんと結婚するのかって」

「結婚？　おいおい、そんなに焦る歳《とし》じゃないだろ」

しかも孝之はフリーターだ。身を固めるにも、基盤になるものが何もない。

「私はいいの。ただ、今度従姉《いとこ》が結婚するから、お母さんも考えたのかもね」

「ああ。ま、結婚はともかく一緒に住むのは、お前がよければオレはいいよ。いまさら世間体もない立場だし。けど、引っ越しはなあ……金もかかるし、この部屋でもう住み慣れてるからな」

「長いもんね。ここ」

「白陵にいたころからだからな」

「……」

もしもこの部屋から引っ越したら、またひとつ、あのころとつながるものが消えることになる。もちろん、それが引っ越しをためらう理由ではないが。

「そろそろ寝よっか。孝之、明日もバイトでしょ？」

「ああ。そうだな」

おやすみのキスをひとつして、孝之は部屋の明かりを消した。


「っざいまーす！　すいません遅れました……」

翌日、また孝之は汗だくで店に駆け込んだ。

「おはようございます」

店長は今日も渋く丁寧な挨拶《あいさつ》だ。

「今日も交通トラブルですか？」

「……すみません、今日は寝坊です……というか、目覚まし時計が狂ってて」

嘘《うそ》ではなかった。起きたら水月はもう出勤したあとで、朝食が作られていたのでのんびり食べて、やけに余裕だと思ったところで、テレビの時刻と時計がズレているのに気がついたのだ。

「偶然ですね。じつは私もそうなんです。さっき慌てて駆け込みました」

「え？」

そのわりに、汗ひとつかかずにケロッとして、30分は前からいたように見えますが。

「では、今日も玉野さんの指導をよろしくお願いします」

店長はまた黙々と自分の仕事に戻っていった。わからねえ……もしかして、相当の強者《つわもの》なのかもしれない。

まゆはもう着替えてホールに来ていた。すぐ横に、話したくない人物もいる。きつい視線に、どこか不敵な笑みを浮かべて、孝之の隙をうかがう大空寺。

「おはよう、玉野さん」

孝之はまっすぐまゆだけを見て笑いかけた。

「おはようございます」

「昨日は初日でいっぺんにいろいろ教えたから、大変だったね。何かわからないことがあったらなんでも聞いてくれ」

「はい、なんでも聞きますっ！」

まゆは元気よく返事をした。ちっこいのとこんなふうにしゃべっていると、なんだか保父さんになった気分だ。

「それなら、これを聞いてみて」

すると、あえて視界に入れないようにしていた大空寺がまゆに何事か耳打ちした。まゆは真剣な顔でこっくりうなずく。嫌な予感。

「鳴海さん。遅刻が多いのは、彼女とお盛んだからなんですか？」

まゆはハキハキと元気に質問した。孝之は、無言で大空寺のツインテールの分け目にチョップを入れた。

「あいたあっ！　あにすんのよ！」

「お前、しまいにゃ……」

「しまいにゃ、何よ？　あっ！　さては私の身体までも狙《ねら》って」

「それはない」

孝之は０・２秒で即答した。

「あっ、あんですとーっ！」

「なんだ、襲ってほしいのか？」

「ば、ばか言わないでさ」

大空寺は赤面しながらぴょんと身軽に後ろへ跳んだ。

「なに動揺してんだ」

「そんなんしてないってさ」

だが顔はますます赤くなってるぞ。性格悪いくせに、わかりやすいやつだ。

「けど残念だな。いくらなんでもお前は無理だ。理由は、今晩風呂に入ったときにでも考えてみなさい」

「あにおーっ！」

大空寺の背後にちゅどーんと爆発する火山が見えた。

「あのー、なんかわからないけど、どうしましょう？」

まゆが睨み合う孝之と大空寺の間で困っている。しまった、また大空寺にのせられてしまった。気がつくと、いつの間にか崎山もこっちを見ている。何を注意されたわけでもないが、孝之は頭を切り換えた。

「ごめんね、玉野さん。じゃあ今日は、簡単な作業からやってみようか？　大空寺、お前はどっかいけ」

「あんでさ？」

「オレはこれからシルバーを磨くつもりだ。よって、お前はここにいらない」

「あっそ。んじゃ、まゆまゆは私が借りるから」

「なんだそりゃ」

おまけにまゆまゆっていきなり呼ぶか？　まあ、大空寺に常識を求めるのはとっくに放棄しているが。

「むさくるしい男は裏でシルバーでもなんでも磨いてなさい。かわいい私たちはフロントでお客を出迎えるから」

「う……」

　まあ、たしかに見た目だけなら、大空寺あゆと玉野まゆは背丈もちょうど同じくらいで、並んでいるとタイプの違いを引き立て合うようにかわいかった。それに、店にバイトの面接に来る女の子のほとんどは、ここのかわいい制服を着て、接客するのに憧《あこが》れている。裏の目立たない作業より、接客のほうが楽しいだろう。

「まあ、今回はそれでよしとしてやる」

「わかったら、さっさとむさくるしい場所へ行って仕事をしなさいね。給料泥棒はいらないのよ」

「てめえはオレの後輩だろうが！」

「じゃ、行こうまゆまゆ」

　大空寺は孝之を無視してまゆの肩をかるく抱いてうながした。

「よかったね。あのまま裏に連れて行かれたら、飢えた野郎にあんなことやこんなことまでされちゃうんだから」

「まことかっ！」

　まゆは真剣な顔で驚くとさっと身構えた。

「……」

　孝之と大空寺の間に今日も奇妙な沈黙が流れた。

家の外から見上げた部屋の窓は暗かった。ちぇ、今日は水月は来てないのか。

「ただいまあ」

誰もいないとわかっていながらドアを開け、ひとりの部屋に明かりをつける。テーブルの上に紙の箱とメモが置かれていた。

――会社の帰りに飲み会があって、待ってようと思ったけど眠っちゃいそうだから帰ります。ごめんね、サンドイッチ食べてね♥　水月
メモはたしかにけっこう酔って書いたものらしく、ところどころ文字が乱れていた。大丈夫かな、あいつ酒は弱いのに。連絡くれればダッシュで帰ってきたのにな……でなけりゃ、ここで寝て待っててもよかったのに。

孝之は、水月が心配というのもあるが、メモだけあって水月の姿がないことをさみしく思った。箱を開けると中はメモどおりサンドイッチで、すでに中身は乾きかけていたが、孝之はありがたくいただいた。

「ごちそうさん」

箱をたたんでごろりとラグの上で横になる。テレビを見たが、あまりおもしろい番組が

ないのですぐに消してしまった。静かだな。ゲームでもやろうかな。けど、始めるとまた長くなって疲れるか……。

孝之は寝返りをうってうつぶせた。マジで、水月と一緒に住むことを思った。

ふと、床に置かれた電話の赤いランプが点滅しているのが目に入った。

留守録だ。珍しいな。大抵《たいてい》の連絡は携帯にかかってくるんだが、親からかな？　孝之は再生ボタンを押した。メッセージは2件です、と機械の声。

「――おっす、平です。お前、携帯の番号変えたな？　連絡しろよ！　それと、週末あたり速瀬と3人でまた飲みでもどうかな。とにかく、携帯の番号連絡くれ！」

ピーッ。

しまった、そういえばすっかり慎二に言うの忘れてた。次のメッセージを聞いたら、すぐに折り返し電話しよう。

が、次がなかなか始まらない。録音はされているようだが、間違いか？

「――涼宮です」

え？

……この声……涼宮、って……。

深く静かな、聞き覚えのある中年男性の声が続けた。

「大変ご無沙汰《ぶさた》しておりました。その後、お元気でしたでしょうか」

孝之は、カレンダーに目をやった。いまは、7月の最後の週。あの日、あの忌まわしい8月27日まであと1か月。

メッセージはそこからさらに間をおいて、やがて、決意したように続けられた。

「実は――遙が、目を覚ましました」

「えっ‼」

孝之は、思わず声をあげ、反射的に受話器をとりあげようとした。

目を覚ました。目を……覚ました？

遙が……。

「今更、わがままを申し上げて大変申し訳なく思いますが……」

衝撃のあまり、メッセージの声が遠く聞こえた。

「どうか――娘に、会いに来てやってもらませんか？　遙は、あなたに会いたがっております」

第6章　いまも、君を

電車は欅町へ向かっていた。

孝之はドアのすぐそばに立ち、流れていく景色を眺めていた。

――お兄ちゃん……お姉ちゃんは……お姉ちゃんはっ⁉

あの日の茜の、不安で壊れそうな悲鳴が胸によみがえる。

病院の、手術室前の薄暗い廊下。そっけなく置かれた黒いシートのベンチ。頭上に赤く光る「手術中」のランプ。

ドラマでしか見たことのない光景が、あの日の孝之には現実だった。

だがあのときは、まだ現実だと信じられなかった。信じたくなかった。つい前日の夜までは、元気に電話で話していたのに。これから、ふたりで絵本作家展へ行くはずだったのに。

「どうして……どうして、こんなことに……」

震えながら呆然《ぼうぜん》とつぶやく遙のお母さんのことばは、そのまま孝之のことばだった。

「そうだよっ！　何があったの⁉　ねえ、お兄ちゃん！　お兄ちゃんてば！」

茜は孝之の肩をつかんで揺する。言えというのか？　何があったか。どうして、こんなことになったのか。

足音が、廊下を早足で向かってきた。見ると、顔色を変えた遙のお父さんだった。

「お父さん……！」

「お父さん……お姉ちゃんが……お姉ちゃんが……う……うわああん……」

お母さんはふらつく足どりでお父さんにすがり、茜は胸に飛び込んで号泣した。お父さんはふたりの肩をしっかりと抱いたが、それは、お父さん本人も動揺し、不安だったからに違いない。

孝之は、数日前の夕食の風景を思い出した。あんなに平和で、楽しそうだった人たちが、いまは、泣きながら暗い廊下で震えている。心配してる。悲しんでる。

オレが泣かせた。オレが、幸せな遙の家族を壊したんだ。オレが壊した！

「鳴海君。君は大丈夫だったのかね？　怪我《けが》は……」

孝之は首を横に振った。耐えられなかった。こんなときまで他人の孝之を気づかう優しい人たちを、まともに見ることもできなかった。

「すみませんでしたっ!!」

孝之は、その場に膝《ひざ》をつき、額を床にこすりつけて土下座をした。心が痛くて爆発して、ほかにどうすればいいかわからなかった。

「……鳴海君？」

「すみませんすみませんすみませんすみません……」

それで時間が戻せるなら、誰《だれ》か、オレを殺してくれ。あの事故が起きる前に戻してくれ。

オレが悪いんだ。オレが遅れなければ！　オレが遙を待たせたりしないで、ちゃんと10分前に来て、それであの場を離れていたら。オレのせいだ。みんなオレのせいなんだ。

「お兄ちゃん。やめてよぉ」

茜が泣きながら孝之に抱きついてきた。

「何があったのか知らないが、そんなことは止めなさい」

お父さんも声がすぐ近くで聞こえた。孝之の前に、しゃがんでいるらしい。いいえ、と孝之は土下座のまま首を振った。もしも遙に、万一のことがあったら、オレは……。

「あっ」

お母さんの声がして、同時にお父さんと茜が孝之から離れた。孝之もおそるおそる顔をあげると、手術中のランプが消えていた。

自動ドアが開いてキャスター付きのベッドが出てくる。看護婦さんたちに囲まれて、横たわっている遙が見える。頭には包帯が巻かれていた。頬《ほお》にはガーゼ、唇も少し腫《は》れていた。点滴や何かの管がいくつもつながって、何か、別世界の物に埋もれているような姿だった。ガーゼと包帯の隙間《すきま》からのぞく閉じた目だけが、孝之の知っている遙だった。

「できるかぎりのことはしました。とりあえず、外傷は心配ないと思いますが……今後の経過次第です」

最後に出てきた医師が簡潔に言う。遙の家族はそのまま遙に付き添って行ったが、孝之だけは、その場で呆然と遙を見送った。動こうにも、足が動かなかったのだ。助かった。経過次第、ようするに先はわからないということだが、とにかく、いまは遙は生きている。安心したわけではないものの、張りつめたものが一気に解けて、身体《からだ》に力が入らなかった。

だが――遙は、そのまま目を覚まさなかった。

命だけは、奇跡的にとりとめた。しかし、意識が回復しないまま、一週間たっても、二週間たっても遙の意識は戻らなかった。原因は不明。

最初こそ、助かったことを喜んでいた孝之も、遙の家族も、やがて、辛《つら》い現実にふたたび打ちのめされ、傷ついていった。

生きているだけで幸せだなんて、絵空事だ。そばにいるのに、触れられるのに、遙は目を開けない。話さない。笑わない。機械と管で命をつないで、ただずっとそこに横たわっているだけ。それで、本当に生きていると言えるのか？

同じことだ。やっぱり、孝之が遙を殺したのだ。そして、動かない遙のそばで、後悔し続けることが、罰なのだ。

1年近く、そう思っていた。

欅町が近づいてきた。電車の窓から、海岸沿いの丘に建つ病院が、ぽつんと見える。あの病院に、遙がいる。目を覚まして——生き返って、孝之を待っているという。

「はるか……」

ぽつりと、名前を口にしてみると、耳に響く自分の声が懐かしかった。

「久しぶり。元気だった？」

病院の医局を訪ねると、ずっと遙の担当医をしていた香月《こうづき》モトコが孝之を迎えた。

「まあ、なんとか」

「そうね。頬に肉がついて顔色もいいし。健康そうな君を見たのは初めてね」

モトコは相変わらずだった。長い髪をまとめたというより適当にかき集めたようにアップにして、幅の細い眼鏡《めがね》にくわえ煙草。大胆に白衣の前を開け、女医としてどうかと思うほどのプロポーションを惜しげもなくさらして、クールな視線に遠慮のないことば。

そしてモトコは、いまも遙を担当しているという。

「彼女のお父様から連絡があったの？」

「はい。昨日」

「そう……よく、来てくれたわね」

モトコの声がいくぶん柔らかくなった。

「……」

「あのときの、あなたの顔は……忘れようったって、そうそうね」

モトコはかすかに苦く笑った。一見、医師としての常識をすべて無視したような先生だが、患者と家族、周囲への深い思いは、端々からたしかに伝わってくる。

あのとき……事故から1年と少しが過ぎた、秋のはじめ。

孝之は、遙のお父さんに呼び出され、病院の中庭で話をした。そばに、モトコも立っていた。

——君の人生を、いつ目覚めるともわからない遙のために、犠牲《ぎせい》にはできない。遙を囲むすべての人が君を心配してる。

それからモトコが、医師としてもこのままでは孝之の健康がうんぬんと補足したが、詳しいことは覚えていない。ただ、最後に遙のお父さんに言われたことばは、い

までも、はっきりと覚えている。

――いままで、本当にありがとうございました。でも、もう、ここにはいらっしゃらないでください。遙のことは……忘れてください。

それ以来、孝之はここへ来ていなかった。

「立場上、私はああいった場は何度も経験してるんだけど。あのときの、君のあの悔しそうな、悲しそうな表情は……ましてお父様なら、忘れることはないでしょうね」

「……」

遙のお父さんは、一度も、ひとことも、孝之を責めたりはしなかった。ただじっと、辛さに耐えて娘を見守り、家族の支えになっていた。そのお父さんのことばだけに、孝之も、受け入れざるをえなかったのだ。

そして、遙が目覚めたと、孝之に連絡してきたのもお父さんだった。

「……行きましょうか」

モトコは先に立って歩き出した。孝之も、無言であとに続いた。

廊下を歩く患者や家族とおぼしき人と、ときどき、モトコは会釈をかわした。

「いま、君は何をしてるの？」

「フリーターです。ファミレスで、バイトしています」

「受験は、結局やめたのね」

「一浪してまで大学に行く理由も見つけられなかったし……そんな気力も、ありませんでしたから」

　あのころは、遙と同じ大学へ行くことが、孝之の目標になっていた。

「それも君の人生だものね。構わないと思うわ」

「……はい」

「新しい生活はどう？」

「それなりですよ」

　毎日は、普通に流れている。笑うこともあれば怒ることもあるし、楽しいことも、外へ遊びに行くこともある。いまは、夜中にうなされることもない。

「新しい彼女は？」

「やめてください」

　これから遙に会うというのに、新しいとか古いとか、そんな話はしたくない。

　モトコはそれ以上訊《き》かなかった。

　気がつくと、廊下はやけに静かになって、歩く患者を見なくなった。ずいぶん長く歩いている。そういえば、モトコは孝之のことばかり質問して、肝心なことを話していない。

　そして、孝之もあえてそれを考えないようにしながらここまで来た。

　医局のあった病棟を出て、モトコはさらに渡り廊下の向こうの棟に向かった。「別館」

という壁の案内のプレートの下にカッコつきで「特別病棟」と書かれている。

孝之は、もう口にせずにはいられなかった。

「先生。遙の様子は……どうなんですか？」

「……」

「オレは、目を覚ましたとしか知りません。元気なんでしょ？　特別病棟って、どうしてですか？　まさか何か……先生！　答えてくださいよ！」

「落ち着いて。彼女に会いたかったら、感情的になるのはやめなさい」

ぴしゃりと言われ、孝之はモトコの肩をつかみかけた手を引っ込めた。

モトコは歩く速度をゆるめて再び話し出した。

「彼女が目を覚ましたのは事実よ。傷は完治しているし、脳波にもとくに異常はない。ただ……なぜ彼女が、3年たったいまになって目覚めたのかは、わからない」

「わからないって」

「正直、奇跡と言ってもいいかもしれない。医者が奇跡なんて、不似合いだけど」

「でも、奇跡でも、わからなくても遙は元気になったんでしょう？」

「残念だけど、それも断言はできないの。いまは目覚めて元気だけれど、明日の容態は予測できない。わからない」

「そんな曖昧《あいまい》でいいんですか？　先生は、遙の担当医じゃないんですか？」

孝之は、懸命に自分をおさえながら言った。モトコは孝之に振り返った。目は孝之を睨《にら》んでいるが、口もとは、かすかに上がっている。

「私は、彼女がいつまた意識を失ってもおかしくなくて、そのときは、命に関《かか》わると思っているけど？　こう言われれば満足？」

「……」

いつまた意識を……命に、関わる……。

ショックを受ける孝之から、モトコはそっと目を逸らした。

「……すみません。先生を責めるつもりじゃなかったんです」

孝之は素直にあやまった。彼女がつねに最善を尽くす医師であることは、孝之もよく知っていた。モトコは小さく首を横に振り、いくらか事務的な口調で言った。

「これから、涼宮さんと会ってもらう前に、絶対に、守ってほしいことがあります」

「なんですか？」

「彼女には、あれから3年がたっていることを、言わないでちょうだい」

「え」

「わかってないの。寝ている間に、3年の時間が過ぎたことを」

孝之に二の句を継がせずに、モトコは淡々と説明した。

「事故のショックによる記憶の混乱は、それほど珍しいことじゃないわ。その場合、普通は周囲の人間が、少しずつ本人に教えてあげたり、自分で勝手に記憶を修正していくものよ。でも、彼女の場合は3年だから。教えるには、精神的ショックが大きすぎる。だから、特別病棟に移ってもらって、外の世界から離したの」

「でも……だったら、オレが会っても大丈夫なんですか？　いや、オレだけじゃない。家族も、自分自身の姿だって、変わっているのはすぐ判《わか》るでしょう」

孝之が通った1年の間も、遙は変わった。髪が伸び、ずいぶん痩《や》せて小さくなった。

「じつは、それが一番の問題なの。……彼女は、著しく現状の認識能力を欠いている」

「どういう意味です？」

「たとえば、彼女はあなたに会うのにボサボサの髪じゃみっともないって、しきりに髪を気にしていたわ。鏡をのぞいて、髪留めとリボンが欲しいってお母さんに言うのよ。なのに、自分の髪が伸びていることには気づかないの」

「そんな……」

「自分自身にさえそうなのよ。周囲の変化には気づくどころか、疑問も感じていないようだわ」

せっかく目覚めたはずなのに、遙の心は、3年前から戻っていない。記憶の糸が絡まって、おかしくなっているのだろうか。でも自分では、遙はその糸をほどけない。誰かがほどくこともできない。真実は、ショックが大きすぎるから。そして。

「どうなるんですか。もしも、遙が真実を知ったら」

「その心配ができるレベルまで回復するなら、そのほうがいいわ」

「治らないっていうことですか？」

「あなたの嫌うことばだから言わないわ」

……わからないのか……。

「さ。あとは自分の目でたしかめて。くれぐれも、さっきのことだけは守ってね」

モトコは白いドアの前で立ち止まった。プレートに「涼宮遙」と書かれていた。

とうとう、遙と会えるんだ。

　孝之の中で、これまでどこか、実感がなく冷静でいられた部分が崩れた。3年前の夏の日が、津波のように胸に押し寄せる。金魚の浴衣《ゆかた》、丘の上の告白、初めてのキス。ベンチで食べたミートパイの味。夜空に星がまたたくように……何もかもが甘く、優しくて、だからこそずっと思い出すのを伏せていた日々。

「いいわね？」

とモトコが孝之に確認したが、うなずいたかどうかもよく判らない。

　モトコはドアをふたつノックした。

「こんにちは。涼宮さん。彼を……連れてきましたよ」

あるかと思った奇妙な機械や計器のたぐいは部屋になかった。

広く、日当たりのいい室内。窓際に、白いベッドがひとつある。ベッドのそばには、久しぶりに会う遥の両親と、茜が静かに立っていた。

そして。

「あ……孝之君」

変わらない。はにかみながら甘く孝之を呼ぶかわいい声。

いきなり孝之の視界がぼやけた。目の前がかすんで、声の主が見えない。

「あ」

あれ？と言うつもりが喉《のど》がつまって、声が出なかった。

そばにいた人たちが、孝之を気づかうように部屋を出た。モトコだけが、ドアの近くの壁際に立って控えた。

孝之は、ベッドの近くへ一歩、進み出た。

「うう」

泣くな、泣くなと自分に言い聞かせても、もう涙を止めることはできなかった。

「ううう……うわあ……うわああ……」

孝之は、遙の膝元に膝をつき、ベッドに伏せて大泣きした。

第6章　いまも、君を

「たかゆきくん。孝之君……」

遙の声も震えていた。

「はるか……はるかぁ……」

何度も、似たような夢を見た。目覚めて夢だと知るたびに辛かった。でも、夢じゃない。

遙は本当に目を覚まして、孝之を見て、呼んでいる。

「ごめん。ごめんな、遙……ごめん……ごめん……」

いろいろ言いたいことがあるのに、口からは、このひとことしか出てこなかった。

「ううん。あやまるの、私のほうだよ。デート、できなくなっちゃって……いっぱい心配かけて……ごめんね」

孝之は伏せたまま首を振った。違う。オレがあの日、遅刻したせいで、お前に、取り返しのつかないことをしてしまったんだ。お前の時間を奪ったんだ。なのに、遙はそんな孝之にあやまっている。

それから声をたてずに泣いて、孝之は少しだけ落ち着いてきた。

「孝之君……顔、見せて。こっちに来て」

言われるままに顔をあげると、ようやく、遙を見ることができた。

最後に姿を見たときよりも、また少し、小さく幼くなったように見える。髪は背中まで長く伸び、白かった肌はさらに透けるように白くなり、布団の上に置いた手は、骨が浮いて見えるほど痩せて痛々しい。

それでも、目の前にいるのは遙だった。長い髪にはあのころと同じピンクのリボン。澄んだ目はいまも孝之だけをまっすぐに見て、孝之が近づくのを待っている。

「ほら、私、こんなに元気だから……ね？　もう、泣かないで」

首を傾げて、困ったようにほほえむ遙。孝之の中に、熱い思いと不安が同時にこみあげた。これで、遙は明日の容態もわからないのか。いつまた、意識がなくなるかわからず、そのときは、命に関わると？

「ね？　ね？」

孝之をなだめる遙の声にも、わずかに不安が感じられた。いけない。再会早々、オレが遙を心配させてどうする。しっかりしろ。遙のためにも、良くないだろう。

目をこすり、孝之は遙に笑顔を見せた。

「すまなかった」

「涼宮さん、いまの気分はどう？　なんともない？」

ずっと後ろにいたモトコが、初めてふたりの間に入った。

「……はい」

すると遙は目をぱちぱちさせ、きょとんとしたようにうなずいた。そして、とつぜん拗《す》ねた顔になり、孝之に不満を訴えた。

「孝之君、聞いてよー。先生ね、なかなか孝之君に会うの許してくれなかったんだよ」

なんとなく遙らしくない、幼い子が告げ口をするような言い方だ。

「そうか。でも、しかたないさ。それだけの怪我だったんだから」

「……」

遙はまたまばたきしてどこでもない空を見た。

「遙？」

「……え？　あ、孝之君……どうしたの？　どうして、ここにいるの？」

ぎくっとした。

「え。だって遙、オレは」

「涼宮さん。彼はね、今日はもう帰らないといけないの」

孝之をさえぎり、モトコが何か目配せした。調子を合わせろということか。

「あ、ああ。ごめんな。また来るよ」

「もう行っちゃうのー？　やだなあ、まだ孝之君といっしょにいたいな」

細すぎる指を髪に絡めて唇を尖《とが》らせる。やっぱり、あまり見たことのない遙だ。

「わがまま言わないの。ね？」

モトコは半ば無理やりに遙を納得させて、孝之を引っ張って外へ出た。

「あ……またね。孝之君」

振り向くと、遥はなんでもない顔で笑って、広げた手を孝之に向けて振っていた。

「わかった？」

「……」

たしかに、モトコに話しかけられてからの、遥の受け答えは不自然だった。あれが、現状認識能力の欠如、というやつなのか。

「鳴海さん」

静かな声が話しかける。遥のお父さんだった。そばに、お母さんもいる。孝之が遥と対面している間、ずっとこの廊下にいたのだろう。

「すぐに来ていただいて、ありがとうございます。わたくしどものわがままばかり押しつけまして……いまさらと、思われたことでしょう」

お父さんは深々と頭をさげ、お母さんもそれに倣う。

「そんな、やめてください。こちらこそ、教えていただいて、ありがとうございました」

「みなさん、ここでお話もなんですから」

モトコが促し、一同は医局近くのロビーへ移動した。

「それで、遥さんの今後についてなんですが――鳴海君。彼女、以前からとつぜん幼稚な話し方をすることがあったの？」

「や。いいえ」

冗談のレベルで、という話ではないだろう。

「ご両親はどうですか」

「それは、親相手ですから多少は……でも、普段は普通に話していました」

モトコは真剣な表情でうなずいた。

「突然、会話が途切れたり、ついさっきのことが記憶から抜け落ちるという、遙さんの症状には変わりありません。ただ、鳴海君が来たことで、彼女の中でなんらかの変化があったようですね。遙さんにとって、彼は大切な存在でしたし、事故の直前の記憶と結びついている人ですから、何かのきっかけになることは有り得ます」

「そうですか……あの……鳴海さん？」

ためらいがちに、遙のお母さんが孝之を見る。表情がやっぱり遙に似ている。

「また……来て、いただけます……よね？」

「お母さん」

お父さんがお母さんをたしなめると、お母さんの目に涙が浮いた。

「だってあの子……やっと目を覚まして……あの子は、なんにもわかってないのに」

「現実には、もう3年もたっているんだ。鳴海君にも自分の生活があるだろう」

「でも、それじゃあ遙があんまり……うう……」

「仕方がないんだ」

「せめて、せめて遙が本当のことを思い出すまででいいんです！　鳴海さん！」

「やめなさい！」

お父さんに強く言われて、お母さんは顔を覆ってベンチに座り込んでしまった。

孝之は、何かことばを口にしかけては、飲み込むことを繰り返した。

沈黙の中、お母さんのすすり泣きだけが小さく聞こえる。

「……いまの君に、どんな生活があったとしても」

モトコが静かに口をきいた。

「彼女の前で、3年前の君を演じることができるなら、医師として、君がここへ来ることを許可しましょう。……個人的には、君がもう、このまま二度と来ないような人間だとは思っていないけど」

「先生」

「あなたに何ができるかを考えてほしいわ。彼女の彼としてではなく、ひとりの人間として」

「……」

できるなら、これからも遙に会いに来ますと答えたい。だが本当に、それでいいのか？

たしかに、お父さんの言うとおり、現実はもう3年が過ぎている。3年は、遙と過ごしたひと夏よりもずっと長い。そして、3年の間に孝之の生活は大きく変わった。

何よりも、いま孝之には、水月がいる。

ここへ来る資格がオレにあるのか？　でも、オレは……。

「少し……考えさせてください」

「鳴海君」

遙のお父さんが進み出て、迷う孝之の目をじっと見た。

「いまの自分の生活を捨てず、自分を第一に考えることが……できますか？」

「……はい」

「そうですか。では、あとは君の判断におまかせします」

お父さんは丁寧に頭をさげた。あとはもう、誰も何も言おうとしなかった。

孝之はその場で遙の両親と別れ、モトコから、来院の際には医局へ一度顔を出すことなどの注意を受けた。

「それと……あなたのほかにも、あのころよく、お見舞いに来ていたお友達がいたわね。彼女たちも、日をみて連れて来てもいいわよ。もちろん、お友達が望むならだけど」

モトコのことばに裏の意味を感じてしまうのは、孝之の考えすぎだろうか。

「でも、覚えておいてね。いまは新しい変化に期待してるけど、1時間後に、状況は変わるかもしれないこと」

「わかりました」

それからモトコに挨拶《あいさつ》して外へ出た。太陽はちょうど真上にあって、病院の前庭に咲く花が、くっきりと照らし出されてきれいだった。どこかで、蝉《せみ》が鳴いていた。

一気に、日常が戻ってくる。ここを出たら、まずはバイト先に電話しないと。今日は親類が倒れたことにして、急きょ休ませてもらったが、今後も病院へ通うなら、シフトを調整しなければならない。それから、慎二にも連絡して……水月に、報告しなければ。

「あ」

歩き出したところで、孝之は、庭に立っている茜を見つけた。何をしている様子もなく、じっとひとりで花を見ている。

「茜ちゃん」

通りがかりに、声をかけた。茜は驚いたように肩を震わせ、ゆっくりと、孝之を振り返った。

「……久しぶりだね」

顔を見るのはほとんど2年ぶりだった。以前の茜は、ちんまい、元気のいい、ませた女の子だった。だが、事故から最初の1年で「元気のいい」は消えてしまった。いまはもうそこそこ背も伸びて「ちんまい」でもなく、ませるも何もない年齢になり、茜は、切れ長の目が涼しい、少々勝ち気そうな美少女になっていた。

「白陵でも、水泳がんばってるんだって?」

3年前、茜は水月に憧《あこが》れて、白陵柊を目指していた。あの時期に、遙の事故は大きなショックだったに違いないが、結果は見事合格だった。ただ、それを祝う余裕はどこにもなく……孝之も、当時はおめでとうのひとことさえ言えなかった。

「……ふうん。あの人から、私のこと聞いたんですか?」

茜から、予想外の答えが返ってきた。

「え? あの人? 水月のことか?」

驚いて戸惑う孝之に、茜はうんざりした顔で息をついた。

「お久しぶりです。姉さんが眠っていた間に、ずいぶんと楽しい生活をされていたようですね、鳴海さん」

「茜ちゃ……」

「当たり前みたいに『水月』だなんて……そんな呼び方、姉さんの前でしたら、許しません!」

きれいな目が、キッと孝之を睨みつけた。

「私が何も知らないとでも思ってましたか？　そんなことないですよね、鳴海さんたち、堂々とふたりで街を歩いてるんですから。姉さんが知ったらどう思うでしょうね……信じてた人が、知らない間に親友だと思ってた相手とくっついて、のうのうとして……私だったら、流れた月日よりもあなたの気持ちに愕然《がくぜん》とします」

「……」

「鳴海さん、いつか私に言いましたよね。あの人は、かけがえのない親友だって。デートを約束してる恋人と、困っている友達がいたらたぶん友達を選ぶけど、恋人も困っていたら死ぬほど悩むって」

そういえば……そんなことも、言ったかもしれない。

「あは、忘れちゃいました？　でも、私ははっきり覚えています」

茜は皮肉な笑みを浮かべた。

「その答えがこれですか。恋人は、それこそ死ぬ目に遭いましたよ？　あの人がどんな目に遭ったんですか？　自分で勝手に記録を落として、勝手に将来の道を閉ざして、勝手に落ちぶれてるだけじゃないですか」

表面だけを見れば、そうかもしれない。オリンピックも夢ではないと言われた水月は、事故以来ぱったりとタイムが伸びず、結果、実業団の話も消えてしまった。いまは普通にOLをしている。時折、白陵時代の友人をつうじて噂《うわさ》は聞くが、本人は、すっかり水泳から退いていた。だから、言われることは間違ってないが、それは――。

「そうして突然姿を見せなくなったと思ったら、あなたと腕組んで歩いてる。そういうことかって思いました。記録落ちたの、姉さんのいない間にあなたの同情をかおうっていう、あの人の作戦だったんでしょうか？」

「おい！」

孝之はつい声を荒げたが、茜は一歩も引こうとしない。

「友情とか偉そうなことを言ったって、結局、きれい事でしかないんですね」

「……」

すぐそばで咲いている花の細い茎を、茜の指がポキンと折った。

「どうせ、またここへ来るんでしょう？　そんな鳴海さんでもいまの姉さんには必要だから。鳴海さんには、もう姉さんは必要ないでしょうけど」

「そんなこと」

「でも、もし姉さんを悲しませたら、私、絶対に許しません。あなたも！　あの人も！」

「茜ちゃん……」

「その呼ばれ方にも虫酸が走ります。姉さんの前以外では、名前を呼ばないでください」

「……」

水月のことを決めつけられたときには腹がたったが、これは、素直に悲しかった。お兄ちゃん、と呼んで孝之にじゃれていた、3年前の茜をつい思い出した。

「……ほんの、少しでも……」

茜もまた、冷えた心を悲しむように孝之から目をそらしてつぶやいた。

「少しでも、鳴海さんに人としての良心が残ってるなら。姉さんのために何ができるか、考えてください」

失礼します、と踵《きびす》を返し、茜は病院の建物へ入っていった。

明るい庭に、孝之はひとりで残された。

良心か。香月先生も、同じようなことを言ってた。彼氏ではなく、ひとりの人間として、遙に何ができるか、考えろと。

たしかに、はたから見れば孝之は、3年の間に遙を忘れ、遙を捨てて水月とちゃっかりくっついた男だ。そんな男に期待できるのは、せいぜい、最低の良心くらいだろう。

責められるのも覚悟していた。孝之と水月は、いつか遙が目覚めたら、自分たちが付き合っていることを、必ず報告しようと決めていた。例えそのとき、すでにふたりが終わっていても、そういう時期があったことは、ちゃんと遙に伝えようと。そこで、遙に泣かれても、ののしられても仕方がないと……。

相手が茜になっただけで、予想していたことだったはずだ。

なのに、やっぱり言われると辛い。お前みたいなガキに何がわかると、感情的になりそうになる。オレだって、良心からというだけでなく、自分自身の願いとして、遥のそばにいてやりたい。

だが、水月といることはもう、孝之の一部になっている。孝之には水月が必要で、水月には孝之が必要だ。かつて――あるいはいまも、遥に対して感じるような、熱い気持ちとは違う。ことばにするのは気恥ずかしいが、孝之と水月の間にあるのは、たしかに、愛と呼べるものだ。

でも、じゃあ、オレは……いったい、どうすりゃいいんだよ……。

孝之は、八つ当たりで花壇に小石を蹴《け》り入れた。

だが、とりあえずの答えは決まっている。「人として」孝之は、これからも遥のところへ通うのだ。そして。

――いまの自分の生活を捨てず、自分を第一に考えることができますか?

問いかけに、はいと答えることはできた。だが、それが具体的にはどういう判断、どういう行動につながるのかは、いまの孝之にはわからない。

ＰＲＲＲＲＲ。ＰＲＲＲＲＲ。

「はい。すかいてんぷるでございます」

「鳴海ですけど」

声ですぐ大空寺だとわかるのに、敬語をつかうのはどうもむかつく。

「はあ？　どちらさまでしょーか？」

「悪いな。いまちょっとマジなんだよ。店長いるか？」

「その物言い、むかつくー」

「……」

「わかったわよ。待ってて」

保留の音楽がしばらく鳴って、渋い落ち着いた声が出てきた。

「お電話変わりました。崎山です」

「あ、今日は本当にすみませんでした」

「親戚の方は大丈夫でしたか？」

「え。あ、ああ……はい、まあ。ただその……今後の、シフトのことで相談が」

「そのことでしたら、13時入りでディナー終了まで、ということでどうですか」

「へ？」

「必要ではないかと。あとで確認の電話をしようと思っていたところです」

「て、店長！　話せるっ！」

「話せますか。日本語は得意です」

孝之が思わず沈黙すると、店長の背後で何やらわめき声がした。

「それじゃ、明日からそういうことで。あ。ええっと、大空寺さんに代わります」

「お前なんか、猫のうんこ踏めっ！」

ガシャ。

――あんですとー？

大空寺の口グセをまねして、孝之は笑った。

孝之の事情がどうであろうと、店は、いつもと変わらない。遙のことも、茜のことも、あそこの人間は何ひとつ知らない。それが、かえって孝之をほっとさせた。

とりあえず、バイトのほうはこれでいい。あとは……。


「あー疲れた！　残業させられそうになったから逃げて来ちゃった。ねえ、夕ご飯まだでしょ？　駅前のスーパーでさ、焼き鳥売ってたの。もー殺人的ないい匂《にお》いでさ。見てたら孝之と食べたくなって買ってきちゃった」

「そっか」

水月が予告なしに来るのは決して珍しいことじゃない。だが、今日はどうしても戸惑いがある。バイトのシフトを片づけたあと、慎二に電話して話をした。慎二はもちろん孝之の話に驚いて、同時に心配そうにしていた。

「速瀬には、オレから話そうか？　お前が言うより、聞くほうも楽かもしれないし」

とも言われたが、遠慮した。やはり自分で話すべきだと思ったからだ。だが、どんなふうに切り出すかは、まだ考えていなかった。

「どうしたの？　孝之、なんか具合悪いの？」

「いや。で、そっちの袋はなんだ？」

「コンビニのお弁当。仕事疲れて、すごくお腹すいちゃって……ごめんね。手抜きかな」

「いいよ。じゃあ……焼き鳥なら、酒飲もうかな。お前も、ちょっと付き合えよ」

「えー。私、弱いの知ってるでしょ。昨日も飲み会だったのに」

「いいから、付き合ってくれ」

「ねえ……やっぱり、何かおかしいよ。どうしたの？」

答えずに、孝之はキッチンへ立ち、冷蔵庫や流しの下の棚を探って、ビールやらカクテルやらウイスキーやら、ありったけの酒をかき集めた。

「孝之！　本気？」

「ああ」

酒の力を借りるのは、短絡的な方法だが、ほかにもう思いつかなかった。

そうして、ストレートのウイスキーでいい加減に胸がむかつくほど酔ったころ、やっと、孝之は水月に話した。

思ったほど、水月に動揺は見えなかった。だが、ずいぶん長く沈黙して、孝之はずっと間が悪かった。

「そう……遙が……」

黙って水月と向き合っていると、この3年間のことが思い出される。

といっても最初の1年は、孝之の記憶はとぎれとぎれだ。遙のいない新学期に、周囲から同情と好奇の視線を浴びたこと。それから、勉強も何もかもが嫌になり、ただ1日中遙のそばで、遙の寝顔を見ていたこと。クリスマスには遙のためにひとりでプレゼントを買いに行き、春には遙の卒業証書を家に届けた。もちろん受験も、進路もすべて投げ出して、生活のためにバイトをするほかは、すべての時間を遙のためにつかった。

水月や慎二が、そんな孝之を心配していたことは覚えているが、あのころは、何も孝之に届かなかった。

その孝之が、少しずつ変わっていったのは、やはりあの秋……遙のお父さんから「来ないでください」と言われたあとだ。心の行き場を失って、部屋で呆然としていた孝之のもとへ、水月は、毎日のようにやってきた。まめに丁寧な食事を作り、孝之がそれに手をつけなくても、何も言わずにまた新しく料理をした。

「もう最後には、作るのが趣味になっちゃって。私なりに、楽しんでたのかな」

あとで水月は笑って言ったが、本当は当時、辛かっただろう。孝之は、水月が懸命になればなるほど、自分の心に立ち入られるようで、うっとうしく思っていたからだ。

「もういいよ。お前、いつまでもオレなんかに構うなよ」

一度、孝之は耐えかねて、水月にきつくあたったことがある。たしか、クリスマスが近いから、慎二も誘って外へ行こうと、水月が言い出したときだった。テーブルに置かれた映画か何かのチケットを、孝之は、イラつきにまかせて投げ捨てた。

「……あ」

それまで、行こう、と孝之を誘っていた笑顔のままで、水月は一瞬凍りついた。

すぐに、すまない、悪いことをしたと思ったのに、孝之は何も言うことができない。

「ご……ごめんね……」

だが、詫《わ》びたのは水月のほうだった。震える手が、床に落ちているチケットを、孝之の目から隠すように拾った。

「そう、だよね……孝之の……遙のこと、考えたら……楽しむなんて、できないよね。私、バカだった……本当に、ごめんね孝之」

――私、今日はもう帰るね。キッチンの鍋に、夕食があるから。いまは、食べる気にならないかもしれないけど、気が向いたら。

「シチューがね、よく出来てるよ」

水月は声を震わせながら、いつものように笑っていた。

結局、孝之は意地になったまま水月を帰してしまったが、あとで鍋にあったシチューを食べた。考えれば、あのとき水月に当たり散らす気力が、すでに孝之にはあったのかもしれない。シチューは、たしかにうまいと思った。

それから、少しずつ水月と話をした。そして、水月が実業団へ進めなかった――進まなかった理由を、初めて聞いた。

「私ね。あのころ、タイムが伸びないようにしながら、泳いでた」

とつぜんの事故で、将来を奪われた遙をきっかけに、水月は自分の人生を見直し、考えたという。

泳ぐのは好きだ。記録を伸ばすのも楽しい。でも、実業団に入ったら、それは一種の仕事、義務になる。それは、自分が本当に望むことだろうか？　それに、もしも期待に応《こた》えられなかったら？　周囲の失望がさらに成績を落ち込ませ、潰《つぶ》れていった選手の話はたくさん聞いた。

けれど、すでに水月は、自分の意志でひくことができないほどの状況だった。だから。

「……バカだなお前」

「何よ。でも……ずっと孝之に、バカだなって言ってほしかったよ」

ほっとしたように小さく笑う水月を見た、あのときの気持ちは、いまも思い出せる。

そうして、水月と孝之は、遙の事故をきっかけに変わってしまったお互いの人生を語り合い、励まし合い、少しずつ、寄り添っていったのだ。

あるいはそれは、遙がいなくなったこと、会えなくなったことで空いてしまった心の穴を、埋めようとする逃げだったかもしれない。全《すべ》ての経緯を知っていて、なおかつそれによって自分の人生に影響を受けた水月だからと、水月の友情に甘えたのかも。

けれど、水月はそんな孝之を受け入れてくれた。たしかなことばはなかったが、心が通じ合っているのを感じた。

そして……ふたりは、約束した。いまの自分たちがあるのは、遙がいたからだ。だから、遙が目覚めたら、自分たちの付き合いをちゃんと報告しよう。何を言われても逃げないで、ちゃんと言おうと。

そんな約束をしたことさえ、たまにしか思い出さなくなったころ、遙は目覚めた。３年前の時間のままで。真実を知ったら、壊れてしまうかもしれない危うい状況で。

「まだ……言えないよね」

ようやく、水月がぽつりと言った。

「ああ……けど……」

「何？」

「言えたと思うか？――――もしも、遙の記憶がしっかりしてて、3年間をちゃんと認識できてたら」

「……孝之は？」

「……」

「ごめん。私も同じだと思う。うん、同じ」

「そうか」

「でも……それが、いけないと思ってることも、同じ……だよね？　ね」

「ああ」

「だから、明日はとにかくお見舞いに行こうよ。会社なら、私、休み取るから。忙しいけどそんなこと言ってられないよ……慎二君も来られるんでしょ？」

「そうだな。けど……」

孝之は先を言いよどんだ。何？と水月が目で問うので、視線をそらしてつぶやいた。

「……茜ちゃん」

「あ……うん……あの子には……恨まれてるもんね」

「知ってたのか」

「そりゃ……いろいろとさ」

オレはまったく知らなかった。知っていたなら、水月もオレに言えばいいのに。

孝之はまたウイスキーの瓶に手を伸ばした。水月が、その手をつかんで止める。

「孝之、飲み過ぎ。明日に響くよ？」

「くれ」

酒に逃げてる、それでもいい。だが、何から逃げているのかは漠然としている。ひとつひとつは思いつくが、どれも決定的じゃない。たぶん、そのへん全部と、それからまだ気づいていないもの全部だ。

「もうやめなよ。明日、お見舞いに行くのに二日酔いなんて……きゃっ！」

酒の瓶を奪い合いながら、孝之は水月の手首をつかみかえした。そしてそのまま、水月を床に押し倒した。髪をまさぐり、唇を奪う。サマースーツの襟元《えりもと》から、孝之の知らない、水月の職場の匂いを感じた。荒っぽい手つきで、ボタンを開ける。

「ち、ちょっと……孝之、痛いよ」

水月は身体をずりあげて、孝之から逃れようとした。

「お前は、会ってないからわからないんだ」

孝之だって、遙と対面する前は、わりと冷静でいられたと思う。でも、あの小さくなった遙を見たら……何も知らずに優しく笑う、孝之を信じ切っている遙を見たら。

「んッ……ん、う……」

ふたたび強引に口づけられて、水月は苦しそうな声を漏らした。だが、されるまま、孝之の舌を受け入れて、身体に触れる手を許していた。

「……ごめん」

無抵抗な姿が、逆に孝之を落ち着かせた。顔を離すと、水月はほっと笑いながら身体を起こした。

「私もごめんね。……じゃあ、もう少しだけ一緒に飲もうか」

ね、ともう一度ほほえみかける水月の顔に、ベッドの上の、あの遙の笑顔が重なった。

孝之は、ぞくっとしてもう一度水月を抱きしめた。

「いい。それより……抱きたい」

「孝之……もう……じゃあ、シャワー浴びてくるね」

首を振り、孝之は水月を離さない。もう一度水月の身体を倒し、両手首をひとまとめにして片手でつかみ、持ちあげさせて押さえつけた。

「やっ、やだ、孝之！　ねえ、孝之っ……あ……」

白い服の裾《すそ》をめくりあげ、水月の素肌を露出させる。ブラをずりあげ、乳房を出すと、丸い胸が震えて飛び出した。怯《おび》えたように、頂上で乳首が固くなっている。孝之はそれを口に含んで、つよく吸いあげた。少しだけ、水月の汗の混じった味がした。

「んッ……や……う……ん……」

水月はわずかに抵抗しながら、それでも、甘い声をあげる。いつもなら、無理に迫れば得意の張り手がとんでくるのに、今日の水月はおとなしかった。酒に弱いから、そのせいか。それとも、孝之の不安が伝わるのか？

「水月」

胸の谷間に顔を埋めて、孝之は水月のスカートをめくり、ショーツを中から引き出した。

「や……たか……ああっ！」

容赦なく、孝之は水月の膝をつかんで、いきなり大きく、左右に開いた。

「ああ」

水月が恥ずかしそうに目を閉じる。明るい下で、スカートをめくられ、洗ってもいないあそこを丸出しにして、じっくりと見られているのだ。つかんだ膝が、震えていた。孝之は、ゆっくりとそこに顔を近づけて、開いた割れ目を、舌でなぞった。

「あゥ……うッ……やだ、だめ、だめ孝之……ああンッ！」

クリトリスの周囲を丹念に舌で味わうと、それは正直に快感を示して固くなり、トロトロと、下から透明な蜜《みつ》を滲《にじ》ませた。

「汚いよ」

水月は半泣きのように訴える。そうだ。汚いセックスしてる。会社で過ごして、汗をかき、トイレにも行った、そのままの水月をオレは抱きたい。確かなものがほしいんだ。

さっき一瞬、水月の顔が遙に見えた。だけど、遙は遙に見える。そこにいるのが水月だと、オレに実感させてほしい。

「うう……くッ……」

孝之の舌でいたぶられ、水月のそこはたっぷり濡れた。開いた入口の肉は厚く膨らんで充血し、クリトリスはもう、はちきれそうに勃起《ぼっき》している。もしかしたら、こうして強引に奪われる形も、水月は嫌いではないのかも。だが、いまはそれはどうでもいい。

孝之は、自分の前を開け、ツヤツヤ光る水月の入口に押し当てた。

「んッ！　あ……うあッ……す……うウッ……」

挿入されると、水月はもう、完全におとなしく孝之に身をまかせた。孝之は、両手で水月の乳房をつかみ、歪《ゆが》むほどつよく揉《も》みしだきながら、腹の奥まで責めたてるように、水月の中を激しく突いた。先端だけを中で素早く刺激したり、大きく動いて抜き差ししながら、水月のあそこに孝之のものが入っていくのを、何度も何度も観察した。

「ひ、んッ……ん、あン……」

水月はすっかり感じた顔で、孝之の背中に手を伸ばして抱いた。

「かゆ……き……」

すがるように、孝之にしがみついてくる。細い顎《あご》が、キスをねだるように持ち上がる。

「ん」

応えて、唇を舌で割りながら、孝之は仕上げにかかっていく。水月のそこがより締まるよう、敏感なクリトリスを指でつまんだ。

「んくッ！」

キスしたまま、水月が声で快感を逃してしまわないように、すべて塞《ふさ》いで、全身をあの気持ちよさでいっぱいにしてやる。同時に、孝之も先端から腰、背中の中心のあたりまで、じわじわと快楽が広がっていく。

「ああ」

終わる寸前、孝之は唇を解放した。

「水月」

「あ、う……孝之……」

「水月」

何度も何度も、名前を呼んだ。それでもまだ、孝之の心の奥底では、遙の笑顔が消えなかった。


【下巻に続く】

君が望む永遠 上巻

2002年2月25日 初版第1刷発行
2005年3月1日 第7刷発行

著 者 清水 マリコ
原 作 アージュ
原 画 バカ王子ペルシャ

発行人 久保田 裕
発行所 株式会社パラダイム
〒166-0011東京都杉並区梅里2-40-19
ワールドビル202
TEL03-5306-6921 FAX03-5306-6923

装 丁 林 雅之
印 刷 株式会社秀英

乱丁・落丁はお取り替えいたします。
定価はカバーに表示してあります。